读者丛书
DUZHE CONGSHU
人 生 坐 标

且将岁月赠山河

读者丛书编辑组 / 编

读者出版传媒股份有限公司
甘肃人民出版社
甘肃·兰州

图书在版编目（CIP）数据

且将岁月赠山河 / 读者丛书编辑组编. -- 兰州：甘肃人民出版社，2024.7
ISBN 978-7-226-06088-9

Ⅰ．①且⋯ Ⅱ．①读⋯ Ⅲ．①散文集－中国－当代 Ⅳ．①I267

中国国家版本馆CIP数据核字(2024)第081060号

出 版 人：梁朝阳
总 策 划：梁朝阳　马永强　李树军
项目统筹：宁　恢　原彦平
项目策划：原彦平　高茂林
责任编辑：魏清露
封面设计：雷们起

且将岁月赠山河
QIEJIANG SUIYUE ZENG SHANHE

读者丛书编辑组　编

甘肃人民出版社出版发行

（730030　兰州市读者大道568号）

北京温林源印刷有限公司印刷

开本710毫米×1000毫米　1/16　印张14.75　插页2　字数185千
2024年7月第1版　2024年7月第1次印刷
印数：1~5 000

ISBN 978-7-226-06088-9　　　定价：39.00元

目 录
CONTENTS

001 血战长津湖 / 许　晶
005 用生命写就的告白 / 潘彩霞
011 长空之王 / 何　森
017 我要那么多钱做什么 / 袁隆平
020 她在边境刻"中国" / 雷册渊
025 闻先生真是一团火 / 王京雪
033 88岁的"上班族" / 祖一飞
040 当代愚公 / 杨学义
047 禾下长梦 / 摩登中产
054 一介"草人" / 尹海月
061 和平年代的守护神 / 霹雳蓝
067 为国铸盾的"核司令"
　　　 / 孙伟帅　熊杏林　邹维荣
074 我的老彭走了
　　　 / 樊锦诗 / 口述　顾春芳 / 撰文
081 守岛记 / 杨书源
089 被石油点燃的激情岁月 / 肖　瑶

098 "布衣教授"何家庆 / 北方女王

107 等待"飞天"的日子 / 陈诗笺　高　达

114 金钟罩 / 祖一飞　喻思南

121 记录冰川消融的人 / 刘雪妍

128 你是暗夜里的光 / 陶　勇

130 芳华无悔

　　／徐海涛　屈　辰　何　伟

　　　农冠斌　卢羡婷　朱丽莉

137 草原额吉 / 许晓迪

142 说英雄，谁是英雄 / 押沙龙

149 匠心躬耕在沙漠 / 李　婕

154 另外一个道士的故事 / 邢耀龙

163 74年后的"相聚" / 阿　一

171 严济慈：科学之光 / 孙庆玲

179 用生命转动"至强之光" / 陈　彬　张　超

187 烈火中的爱情 / 许晓迪

191 不要对不起你奶奶 / 罗　尔

197 航天人的薪火传承 / 巴九灵

202 以星星的名义作答 / 肖　睿

208 驾机穿越蘑菇云的英雄 / 关　切

212 曾有院士吴健雄 / 必记本

218 用青春铸造"生物盾牌" / 牙谷牙狗

226 穿越时间的"鱼" / 李斐然

233 一个国家的英雄基因就这样生生不息

　　／青　平

血战长津湖

许 晶

1950年11月1日，北方深秋的空气中已透出丝丝寒意，此时，第9兵团27军的指战员乘着夜色登上了军列。

直到此时，战士们方才得知，这次紧急行动，不是南下，而是北上。11月1日当天，行进途中的中国人民解放军第9兵团番号改为中国人民志愿军第9兵团。

志愿军第一次战役结束后，西线美军被迫后撤，但东线美军仍继续向北推进。

为改变东线战场态势，第9兵团陆续前往战区，以在东线寻机逐个歼灭韩军"首都师"、第3师、美陆战第1师和步兵第7师为目标。

组建于1941年的美陆战第1师，在太平洋战争中经历过炼狱般的夺岛血战，齐装满员2.5万人，堪称王牌中的王牌。

11月24日，美陆战第1师全部进入长津湖地区。战至11月28日清晨，志愿军第9兵团已完成对长津湖地区美军的分割包围。

11月29日上午，被围于下碣隅里的美军向南突围。坚守在下碣隅里1071.1高地东南小高岭的，是第20军58师172团3连连长杨根思带领的3排。

战斗一开始，美军就疯狂地向3排阵地发起猛攻，白雪皑皑的山头被打成一片焦土。美军罕见地连续发起了8次冲锋，都被3排打了下去。

阵地上只剩下连长杨根思和两名伤员，所有的弹药已经打光。生死时刻，杨根思命令两名伤员带着重机枪撤离阵地。

孤身一人的杨根思面对美军的第9次进攻，临危不惧，沉着应对。他抱起最后一个炸药包，拉着导火索冲向敌群，与敌人同归于尽。杨根思牺牲时，年仅28岁。

1950年11月30日，第27军5个团对被困于新兴里的美步兵第7师部队发起总攻。

当时，27军80师239团4连被安排的任务是连夜穿插，直插到美军31团团部。第239团2营直捣黄龙，冲进敌人的指挥所。

更为传奇的是，战前，营部炊事班班长交代的一项特殊任务，竟让志愿军获得了一件意想不到的战利品。

战前，营部的炊事班班长给3营的一个通信班班长交代了一项任务，说"打仗的时候，找一块布，我好蒸馒头"。战斗结束以后，这个通信班班长就到处找布。最后，他发现一块质量还不错的布，就拿了回来。有人发现并报告了领导，领导出去一看，说这可千万不要乱动，这是美国"北极熊团"标志性的一面旗子。

接下来，"北极熊团"团部被端，新兴里美军全面崩溃。战至12月2

日凌晨,"北极熊团"美步兵第7师31团覆没。

这一战,创造了志愿军在整个抗美援朝战争中唯一一次全歼团建制美军的战例。从此,在美军的序列中就没有"北极熊团"了。

新兴里的美军被歼,东线美第10军全线动摇。美第10军军长阿尔蒙德命令所有部队向咸兴、兴南地区实行总撤退。

为免于全军覆没,美陆战第1师师长史密斯不断呼叫航空兵进行空中支援,连停泊在附近海面上的航空母舰舰载机也全部出动,掩护美陆战第1师撤退。

美陆战第1师从来没打过败仗,在朝鲜战场东线,有人说这是他们第一次用到"撤退"这样的表述,可见对他们的心理影响非常大。

水门桥,位于古土里以南6公里处,桥下是悬崖峭壁、万丈深渊,这里是美陆战第1师南撤的必经之路。

这一天,长津湖的气温骤降至零下38摄氏度,志愿军第20军58师172团部队担负在水门桥边的高地上阻击美军的任务。

当美陆战第1师先头部队侦察至此时,眼前的一幕让他们惊呆了。许多志愿军战士呈战斗队形散开,卧倒在雪地里,人人都是手执武器的姿态,怒目注视前方,没有一个人向后,冻僵在雪地上。

当后续部队前去打扫战场的时候,他们从一位叫宋阿毛的烈士上衣口袋里找到一张卡片,上面写道:"我爱亲人和祖国,更爱我的荣誉,我是一名光荣的志愿军战士,冰雪啊,我决不屈服于你,哪怕是冻死,我也要高傲地耸立在我的阵地上。"

就这样,在极端恶劣的自然环境下,志愿军100多人的连队,与阵地永恒地坚守在一起。

美陆战第1师突围南撤,一路丢盔弃甲,损失过半。美第10军一路跌跌撞撞，乘船从海上撤离。

抗美援朝战争第二次战役，从11月6日到12月24日，连续作战49天，志愿军以减员3.07万余人的代价歼敌3.6万余人，其中美军2.4万余人，挫败了"联合国军"在圣诞节前结束朝鲜战争的"总攻势"。

志愿军第9兵团在东线严寒中的殊死决战，将"联合国军"从鸭绿江边打回到三八线，从根本上扭转了朝鲜战局。

青山处处埋忠骨，何须马革裹尸还。在异国他乡的土地上，在距离长津湖战场遗址不远处的烈士陵园中，安葬着9867名中国人民志愿军烈士。为了抗美援朝保家卫国，他们将自己年轻的生命永远定格在1950年的冬天。

英雄不朽，人民永记！

（摘自《读者》2020年第23期）

用生命写就的告白

潘彩霞

1

1951年，长春第三军医大学附属医院的病床上，昏迷了93天的朱彦夫醒了过来。

神志恢复后，绝望涌上心头——他成了一个"肉轱辘"：无手无脚，断腿残臂，左眼失明，体内还有7块弹片无法取出。

这年，朱彦夫只有18岁。

他努力回忆昏迷前的一幕幕。那天，在长津湖的战场上，美军的炮弹劈头盖脸地飞进阵地，战友们一个个都牺牲了，指导员也不幸中弹。在奄奄一息之际，指导员对他说："你若活下来，要把战士们的壮举照实记录成文,传给后人。"

黄昏时,整个阵地只剩下他一个人。后来,一枚手榴弹落在身边,他的身体飞起来又落下去,当一块肉乎乎的东西滑到嘴边时,饥饿难耐的他本能地把它吞了下去,那是他的左眼球。

"死也不能做俘虏",于是,他翻身滚下山沟。清醒后,意识到自己成了废人,朱彦夫万念俱灰,偷偷攒安眠药,后来被照顾他的护士发现了;他想用半截双臂撑着爬上桌子跳窗,睡梦中的病友被惊醒,一把扯住了他的衣领。

医院的马政委火冒三丈:"为了抢救你,你知道给你输了多少血吗?你可是举起拳头宣过誓的人!"

朱彦夫举起残臂,那上面,没有拳头。马政委一把抱住他,两个人泪流满面。

朱彦夫开始学着自立,通过上百次的练习,他能够自己吃饭了;经过上千遍的训练,他学会了安装义肢,两个月后,他站了起来。

"虽然成了'肉轱辘',但我依然是一名战士!即使不能为国效力了,我也绝不能再给国家增加负担。"1955年,朱彦夫决定放弃特护待遇,回家。

他的家乡在山东省沂源县张家泉村,那是一个十分贫困的村子。那一天,当他突然出现在母亲面前时,母亲的惊愕可想而知。离家参军时,他是14岁的挺拔少年;再回来时,他却手脚全无,母亲心痛欲绝。

为了不让母亲担心,朱彦夫独自住在一间小破屋里,自己苦练生存技能。因为条件艰苦,他的伤口复发了。他熬着、忍着,直到一场大雨后,民政局局长武宪德跨进他的家门。

就这样,他被紧急送往医院。没想到,因祸得福,善良女子陈希永走进了他的生命。

2

那年,陈希永21岁,个子高挑,青春正好。她是山东省日照市人,姑姑生了孩子,请她来照料。她的姑父,正是武宪德。

从姑父那儿,陈希永知道了朱彦夫的故事:童年时,父亲被日本人杀害,他从小跟着母亲四处乞讨;14岁参加华东野战军,因为作战勇猛,16岁火线加入中国共产党,后来走上抗美援朝战场。

保家卫国的英雄故事,让陈希永听得泪水涟涟。从此,她心里有了莫名的牵挂。

朱彦夫出院回家后,陈希永跟着姑父去看望他。他的自强自立,作为军人的责任感和担当精神深深打动了她。

贫穷的山村,低矮的石头房,没有吓倒在海边长大的陈希永。只要有空,她就来看望他。随着了解的加深,两个人也谈得越来越投机。不顾父母反对,她和他结婚了。

多年后,儿女们曾问陈希永:"你选择父亲,是出于崇拜,还是出于同情?"

她说:"都不是。我看了他一眼,就再也放不下他了。"

婚后,陈希永成了朱彦夫的手和脚,为他洗衣、做饭甚至背着他上厕所。

妻子善良贤惠,朱彦夫做梦都没有想到,幸福会如此眷顾自己。

自家的生活有了奔头,可是家乡的贫苦深深刺痛了他,他不能袖手旁观。靠着自学的文化知识,他在村里开图书馆、办夜校,为村民扫盲。

他用行动证明了自己,在乡亲们的推选下,他担任了村党支部书记。也是在这一年,他们有了可爱的女儿。

有了陈希永做后盾，朱彦夫意气风发，决心改造家乡。他拖着17斤重的义肢走遍沟沟岭岭，义肢掉下来，他干脆就把义肢挂在脖子上，还发明了4种走法：站着走，跪着走，爬着走，滚着走。

每次，陈希永都想跟着他，可他坚决不让。等他到家时，医药箱早已准备好，他的断腿处血肉模糊，她心疼得直掉泪。

朱彦夫一心扑在乡亲们身上，为了带领大家致富，把抚恤金全都搭了进去。陈希永没有一句怨言，他为群众致富铺路，她不能拖他的后腿。

那时正值"三年困难时期"，仅有的一点儿粮食，陈希永留给婆婆、丈夫和孩子，而自己总是偷偷躲起来吃树叶。她的身体一天天浮肿，朱彦夫发现了。再吃饭时，他只吃了几口就说饱了，剩下的半碗，他推到她面前。

他的心思，她当然懂。半碗粥被他们推来推去，终于，脾气急躁的朱彦夫发火了，差点儿掀翻了桌子。陈希永的心里却甜蜜无比。他心里有她，生活再苦也值得。

6个孩子一天天长大，村里的变化也翻天覆地，梯田、苹果园、花椒园有了，水井有了，电通上了，乡亲们富裕了，朱彦夫的梦想一个个实现了。

当了25年村党支部书记，他在沂蒙山挥毫泼墨，用重残之躯，托起了整个村庄。而这背后，陈希永承受了多少委屈、艰难，流过多少泪，没有人知道。

3

1982年，一场大病之后，朱彦夫辞去村支书职务，在组织的安排下，搬到县城居住。

小院里，他和陈希永养花种树，含饴弄孙，平淡而幸福。身体稍好时，他经常受邀去做报告，讲得最多的，仍然是长津湖战役。

无数个夜里，他梦到战友，梦到指导员，耳边又响起指导员的临终托付。于是，他决定写书。那是1987年，他54岁。

陈希永劝他，该休息休息了；医生警告他，再折腾下去，有生命危险。可是，他决定的事，谁也改变不了。

拗不过他，陈希永只好为他买来纸和笔，从此，朱彦夫"走火入魔"。他把被子放在断腿上，再把纸夹放在被子上，他弓着背、低着头，用嘴咬着笔开始写作。

其中的艰辛可想而知，往往"拱"上好半天，他才能"拱"出一个字，而且，时间稍长，口水便顺着笔杆流下，好不容易写出的字又被浸湿，变得模糊了。

写作进展极慢，每一个字，都写得千辛万苦。有一次，稿子丢了一页，他忍不住冲陈希永大发脾气。

陈希永一声不吭，默默地帮他到处寻找，原来是被风吹到了床底下。他的艰难，她看在眼里，愿意当他的出气筒。

回忆是残酷的，在写作的过程中，朱彦夫仿佛又回到了长津湖的战场。有一天夜里，他在睡梦中大喊大叫着，从床上滚了下来。

陈希永被惊醒了，她心疼地说："你以后做梦了就喊俺，俺抓住你，你就不会掉下去了。"朱彦夫开玩笑地安慰她："我的梦里除了战友，就是敌人，哪顾得上喊你啊！"

从那天开始，陈希永每个夜里都要搂着朱彦夫的断臂睡觉，只要他一喊，她就立刻将他抱住。

1996年，历经9年时间，33万字的自传体小说《极限人生》正式出版。拿到新书的那一天，朱彦夫把自己关在屋里，在书的扉页上，恭恭敬敬地写下战友们的名字。他跪倒在地，把书点燃，流着泪喃喃自语："指导员，您交代的任务，我终于完成了……"

这一年，他已经63岁。

3年后，他又完成了24万字的《男儿无悔》。这两部自传体小说一经出版便在社会上引起极大反响，朱彦夫被称为"中国的保尔·柯察金"。

这一生，他最感激的人就是陈希永，"她一手掌管了我的全部人生，我的生命能走到现在，完全是她的成绩、她的功劳"。

可是命运无情，操劳多年的陈希永不幸罹患肺癌。她的生命进入倒计时，想到50多年来的不离不弃，朱彦夫肝肠寸断。

最后的相守，心酸却温馨。夜里，她习惯性地给他盖被子，因体力不支，一头栽进了他的怀里；他也想给她盖被子，可一个重心不稳，整个人砸到了她的身上。长夜里，他们就那样依偎到天亮。

2010年春天，陈希永在医院去世。她对朱彦夫说的最后一句话是："你别太累了，快回家去。"

出殡那天，不顾世俗的眼光，朱彦夫坚持要为她披麻戴孝。"我这辈子对不起她！我性格不好，经常暴跳如雷，可她从不对我发火。我想给她说句道歉的话，这是我的最终愿望。"

这是一段用生命写就的告白。她走了，他在心里默默地怀念她：床头边，放着他们的合照；在他的梦里，她从未离开。

（摘自《读者》2022年第21期）

长空之王

何 森

"马上跳伞!""下面有人群,再等等,马上到无人区了。"

"左机翼颤振折断,我回不去了。"

"兄弟们,我回不去了,拜托替我照顾好父母。爸,妈,对不起……"

"转告我老婆,我已无法返航,等儿子出生了就叫八一……"

"81192收到请回答。""81192收到,我已无法返航,你们继续前进。"

这些飞行员在飞机失事前最后时刻留下的真实录音,是他们留在世上最后的声音,是爱意,是愧疚,是对未来的期许,也是对使命的践行。鹰击长空的战机,是试飞员在一次次危险乃至献出生命的试飞基础上换回来的,试飞员因此被称为"刀尖上的舞者"。

飞出极限

一架战机从设计制造到列装部队要经历好几个阶段，其中周期最长、要求最多、风险最大的便是试飞。新飞机在设计和研制过程中难免存在各种缺陷，有些缺陷甚至会危及飞行安全。试飞，就是发现和暴露这些问题的过程。在这一过程中，试飞员要探索一架新飞机的极限和采集各项未知数据，而未知带给人的常常是恐惧。

最早的时候，没有专业的试飞员，新飞机大都是由飞机设计师或工程师自己试飞。试飞的项目和过程也比较简单，能保证其基础功能正常运行即可。随着战机结构愈加复杂、先进，专业的试飞员应运出现，试飞的难度和要求也陡然增加。1994年4月1日，中国试飞员学院在西安阎良中国飞行试验研究院正式挂牌成立。中国成为继美、俄、英、法之后，第5个拥有试飞员学校的国家。

试飞是项系统性的工程。在新型飞机首次离地试飞前，工程师要对飞机进行地面试验，检验其各项工作性能，并对试飞队伍进行培训。此外还要对飞机进行低、中、高速的地面滑行测试，以确保飞机在各种状态下的滑行功能正常。其中，高速滑行最为危险，滑行速度达到200~240千米/时。

做完上述测试，新型飞机便可进行首飞。首飞后，再进行调整试飞和定型试飞。调整试飞相当于新型飞机的"摸底考试"——对其可能存在的设计缺陷和试制问题进行一一排查，其后的定型试飞更加重要，好比"毕业考试"——为飞机进行全面的体检，对从最基本的飞行性能到航电系统、机载武器系统等进行全面测试。

定型试飞一般在国家飞行试验研究基地进行，这个阶段试飞风险最大、耗时最长、科目最多。一位歼-10功勋级试飞员曾提到，歼-10转场到飞行试验研究基地后，进行了近4年的定型和补充试飞。这期间，仅他一人记录的各类故障就有2000余起。

也是在这个过程中，试飞员需要去探索新型飞机的极限和安全边界——业内将其称作飞机的"包线"，如最快飞多少时速不至于解体，最慢飞多少时速不至于坠落，最高飞多高，最大迎角是多大，最大过载值是多大等。这些测试都是在危险的边缘进行试探，甚至是越过极限边缘，在死神的眼皮底下做试验。只有经过这样一番全面且极限的检验，飞机才能列装部队，被安心地交给飞行员。

从某种程度上说，是试飞员在用自己的危险换取之后飞行员的安全。

一把骨灰都没有

试飞工作探索飞机未知和极限的要求，注定了它的危险。

从1952年组建人民空军飞行组至今，70多年里，中国空军试飞员成功试飞180余型、22000余架国产飞机。但在其背后，是500多次重大险情和不计其数的故障，是32名试飞员献出的宝贵生命。他们的平均年龄只有40岁，其中最年轻的只有22岁，他们是别人的父亲、丈夫、儿子。从他们进入机舱，驾驶飞机离开地面的那一刻起，生命就不再掌握在自己手中。危险常常是毫无征兆的，随时可能来临。"每往前飞一步，死神就离你近一步。"英雄试飞员李中华曾如此描述试飞的危险。

1993年8月28日，试飞员刘刚同往常一样驾机升空试飞。在没有任何征兆的情况下，发动机在空中突然停车（停止工作）。刘刚没有慌，他是老试飞员，拥有近1800小时的飞行经验。他一边向地面做报告，一边试图挽救飞机。在这之前，他刚经历过一次空中发动机停车的险情。那一次，在3000米高度时，他化险为夷重启了发动机。这一次，他做了同样的操作，放弃了逃生机会，采取各种措施试图恢复动力，但幸运没有再一次降临，飞机在空中解体爆炸。

作为试飞员，他们知道危险，但更明白自己所驾驶的飞机的重要性，尤其是试飞数据的重要性。所以很多时候，就算出现致命险情，很多人也不愿意弃机逃生，而是尽最大努力试图保住飞机和试飞数据。

2011年7月，年轻的试飞员余锦旺在接受媒体采访时被问及："空中发生特情，你会不会选择跳伞？""不会。飞机摔了，损失的是国家的巨额财产，是千万科研人员夜以继日付出的心血与努力。作为试飞员，只要有一线机会，我就要想办法把飞机开回去。"他如此答道。3个月后，2011年10月14日，余锦旺在驾机进行低空飞行时发生险情，他没有跳伞，而是跟战机一起融入蓝天，践行了自己的承诺。

余锦旺牺牲后的第3年，试飞员卢志永和温智平驾驶一架全新的歼轰-7A2"飞豹"歼击轰炸机，进行了一场超低空高速突防试验。在做一组机动动作时，战机发生解体故障。当时，战机正经过渭南市一座村子上空，为了防止战机坠落误伤村民，卢志永和温智平驾驶战机继续飞行，从而错过跳伞时机，最终机毁人亡。

更悲惨的是，因为坠机事故后的大火，试飞员牺牲后或许连一把骨灰都没有。当年，试飞员刘刚驾驶的战机在空中爆炸解体后，战友们在事故现场四处搜寻，只寻回他的一小块没烧尽的肩章。后来安葬时，刘刚的妻子在骨灰盒里放了一架飞机模型。

这对家属而言无疑是残酷的，他们连最后的安慰都无法得到。可尽管如此惨烈，试飞工作并未因有人牺牲而停下。余锦旺牺牲后，战友李吉宽整整守了两天灵。李吉宽的妻子劝他："转业吧，咱不干了，行吗？""飞，还是要飞的。这是我的工作！"李吉宽说。

长空之王

中国空军试飞员不停地飞，换来了中国飞机的不断进步。

"航空科学的每一次突破，都以试飞员技术的突破为基础，只有不断创新才能达到更高的境界。"中国飞行试验研究院试飞总师周自全曾如此肯定试飞员的重要性。

1956年，试飞员吴克明驾驶第一架国产歼-5飞机，冒死飞出8个G的过载，完成一次试飞3次发动机空中停车等极限项目，最终试飞成功，助力中国航空迈入喷气时代。7年后，汤连刚、张海等8名试飞员，首次在空中完成3机对接加油，中国由此成为世界上第5个掌握空中加油技术的国家。而回想1959年，中国飞行试验研究院刚成立时，学校里连加油车都没有，大家只能端着脸盆，一盆一盆打油送到加油口。再到1999年4月，试飞员李中华和战友试飞三角翼失速尾旋项目，这曾是世界公认的"死亡禁区"项目。当时，中国的航空专家在经过数十年的科研攻关后，在试飞理论上已经取得突破，但一直无人敢验证，直到李中华和战友成功完成了失速尾旋，填补了我国在这方面的空白。

不仅如此，从战机研制开始，试飞员就会参与其中，并提出相应建议。李中华在歼-10研制过程中，提出了10多项改进意见，均被采纳。运-20的座舱布局、控制板、显示器、机组操作手册等方面的设计，也有试飞员邓友明的深度参与，其建议也被设计团队充分采纳。当下的试飞员，不只是靠勇气和技术在长空搏击的孤胆英雄，也是兼具高超技术、扎实理论、创新思维以及高学历的专家型人才。不少试飞员在佩戴上一枚枚闪亮军功章的同时，也获得了国家科技进步奖、国防科学技术进步奖等科研奖项。

正如试飞员李吉宽所言："一名优秀的试飞员，不仅是科学的冒险家，还是航空理论的探索者、飞机设计的参与者和飞行的先行者。"

他们无愧为"长空之王"。

（摘自《读者》2023年第13期）

我要那么多钱做什么

袁隆平

我稍有点名气之后,国际上有多家机构高薪聘请我出国工作,但都被我婉言谢绝了。这跟人生观有很大关系。如果为了名利,我早就到国外去了。如联合国粮农组织在1990年曾以每天525美元的高薪聘请我赴印度工作半年,但我认为,中国人口这么多,粮食始终是头等大事,我在国内工作比在国外发挥的作用更大。

20世纪90年代,湖南省曾3次推荐我参评中国科学院学部委员,即现在的中国科学院院士,可我3次都落选了。当时有人说,我落选比人家当选更轰动。但我认为,没当成院士没什么委屈的。我搞研究不是为了当院士,没评上说明水平不够,应该努力学习;但学习是为了提高学术水平,而不是为了当院士。

有一个普通农民,年轻时对饥饿有切肤之痛,后因种植杂交水稻而改变了缺粮的状况。为了表达对我的感激之情，他写了一封信请求我给他提供几张不同角度的全身照片，说要给我塑一尊汉白玉雕像。在回信中，我这样写道："谢谢你的好意，请你千万不要把钱浪费在什么雕像上，我建议你把钱用到扩大再生产上去。请你尊重我的意见，并恕我不给你寄照片。"尽管我再三拒绝，但那个朴实的农民还是为我塑了一尊雕像。有人问我见过那尊雕像吗，我笑道："我不好意思去看。"

至于荣誉，我认为它不是炫耀的资本，也不意味着"到此为止"，那是一种鼓励，鼓励你继续攀登。

我对钱是这样看的：钱是要有的，要生活，要生存，没有钱是不能生存的。但钱的来路要正，不能贪污受贿，不要搞什么乱七八糟的事情。另外，有钱是要用的，有钱不用等于没有钱。该用就用，但是不挥霍不浪费，也不小气不吝啬。够平常开销，再小有积蓄就行了。拿那么多钱存着干什么？生不带来，死不带去。

有个权威的评估机构评估，我的身价是1008亿。要那么多钱做什么？那是个大包袱。我觉得现在很好，不愁生活，工资够用，房子也不错。要吃要穿都够，吃多了还会得肥胖症。我从来不讲究品牌，也不认识名牌。当然，也可能是因为我皮肤粗糙，感觉不出好坏来。我觉得只要穿着合适、朴素大方就行，哪怕几十块钱一件都行。我之前最贵的西装是到北京领首届最高科技奖前，抽空逛了回商场，买的打折后七八百块钱一套的西装，还是周围同事叨咕了半天才买的。

我不愿当官，"隆平高科"让我兼任董事长，我嫌麻烦，不当。我不是做生意的人，又不懂经济，对股票也不感兴趣。我平生最大的兴趣在于杂交水稻研究，我不干行政工作就是为了潜心搞科研。搞农业是我的职业，离开农田我就无所事事，那才麻烦。有些人退休之后就有失落感，如果我不能下田了，我就会有失落感，那我做什么呢？我现在还下田。过去走路，后来骑自行车，再后来骑摩托车，现在我可以开着小汽车下田了。

学农有学农的乐趣！只要有追求、有理想、有希望，就不会觉得苦！我们研究水稻，要待在水田里，还要在太阳底下晒，工作是辛苦点。20世纪六七十年代生活很苦，吃不饱，但我觉得乐在苦中，因为有希望、有信念。我认为粮食是最重要的战略物资，所以我觉得我的工作是非常有意义的，对国家、对百姓都是大好事。我现在身体还不错，老骥伏枥，壮心未已。我还要迎接新的挑战，向新的目标迈进。

（摘自《读者》2019 年第 23 期）

她在边境刻"中国"

雷册渊

这里是"中国西极"——新疆维吾尔自治区克孜勒苏柯尔克孜自治州（简称克州）乌恰县吉根乡。60年来，布茹玛汗·毛勒朵义务守护边境，在数万块石头上刻下"中国"二字。

有人说："在这里，每一座毡房都是一个流动的哨所，每一个牧民都是一座活的界碑。"

1

在中国2.2万多公里的陆地边境线中，新疆占了1/4，其中，最西一段的1195公里位于克州境内。在这段曲折边境线的褶皱深处，有一个并不起眼的点——冬古拉玛。它是克州250多个通外山口之一，是帕米尔高原上通往吉尔吉斯斯坦的一处边防要隘。

1942年，布茹玛汗出生在克州乌恰县吉根乡一个贫苦的牧民家庭。新疆解放后，脚下的这片土地终于有了庇护，日子一天天好了起来。父亲总对她说："身后这片土地是我们的祖国、我们的家乡，无论发生什么事，都不能把自己的家守小了。"

她始终记得父亲的叮咛："你的身后是中国。"出嫁后，布茹玛汗和丈夫来到冬古拉玛山口一边放牧，一边义务巡边、护边——防止人畜越界，同时为边防部队指路并提供生活帮助。

那一年，布茹玛汗一家被一场暴雨后的大洪水围困在一块高地上，水退后他们才得以逃生。劫后余生的布茹玛汗心想：如果我们死了，新来的人又怎么知道哪儿才是中国呢？

于是，不识字的布茹玛汗向人请教，学会了柯语和汉语"中国"的写法。每次放牧时，她就在石头上刻下"中国"二字。

"小的石头怕被风吹走，刻好字后还要用其他石头固定。"布茹玛汗说，"最开始没有工具，只能用尖石头刻，一天刻一块。遇到风雪天，手伸出来一会儿就冻僵了，要放进怀里焐一焐才能继续刻。后来有了铁锤和钉子，就能刻得快些，一天能刻好几块。"

60年过去，如今，在冬古拉玛山口的边境线上，到处是刻着"中国"二字的石头，连布茹玛汗自己也说不清到底刻了多少块。

有人给布茹玛汗算了一笔账：她每天在冬古拉玛山口上走一趟，至少20公里，保守计算，这些年她至少走了几十万公里。边境线上的一草一木都刻进了布茹玛汗心里，她不止一次说："我熟悉冬古拉玛山口的石头，就像熟悉自家抽屉里的东西。"

1986年7月的一天，布茹玛汗像往常一样放牧巡边，发现一块界碑似乎被人动了手脚。她用棍子反复丈量界碑与自己所刻的一块"中国石"之间的距离，确认界碑位置不对。她立刻赶回家中，跨上马背，一路奔驰60多公里，赶到边防哨所报告。

后来，经过仔细勘察，我方确定，界碑确实被人向我国境内移动过。经过协商交涉，界碑又回到它原来的位置。

2019年，中华人民共和国成立70周年，布茹玛汗·毛勒朵被授予"人民楷模"国家荣誉称号。她说，自己没读过书，没做过什么惊天动地的事，但中国在心中。

2

麦尔干·托依齐拜克是布茹玛汗的二儿子。小时候，麦尔干不理解，妈妈为什么把他们留在家里，自己却跑去巡边、护边；除了管好自家的牛羊，妈妈为什么还要阻止邻居家的牲畜去山那边吃草。慢慢地，他似乎懂了。"每次上山，我们都能看见妈妈在石头上刻'中国'。这两个字看得多了，祖国和家乡的意识也渐渐在我们脑海中生根。"

冬古拉玛山口海拔4290米，地形崎岖险峻，天气变化无常，即使在夏天，夜里的气温也会降到零摄氏度以下。一年的大部分时间里，刺骨寒冷的狂风一场接着一场，把鸡蛋大的石头吹得满地乱跑。人在山梁上巡逻时，必须手脚并用，一边走一边抓住身边的荆条，稍有闪失，就会被风掀下山去……

这里是边防连官兵巡逻的最后一站，战士们走到这里时，往往已人困马乏、给养耗尽。布茹玛汗总会算好每月战士们抵达的时间，提前为他们准备好干粮和奶茶。

麦尔干还记得，自己16岁时的那个秋天，暴雨来得毫无征兆。那天直到天黑，原本预计当天抵达的8名边防官兵还迟迟不见踪迹。

布茹玛汗焦急万分，眼看情况不妙，她和麦尔干把馕和奶茶揣进怀里，披上塑料布冲进冰冷的暴风雨中。

母子二人深一脚浅一脚地向前摸索，几次差点儿滑下山崖。最后，他们俩在一处废弃羊圈里，找到了被困的战士。那时已是凌晨。

战士们看到布茹玛汗和麦尔干，真是又惊又喜。等他们接过二人怀中的食物时才发现，布茹玛汗已经冻得嘴唇发紫，无法站立。

还有一次，战士罗齐辉在雪地巡逻时被马掀翻，头撞到树干，失去了知觉。战友们发现他时，他的双脚已经严重冻伤。他们立刻抬起罗齐辉往不远处的布茹玛汗家赶。

看着罗齐辉冻得青紫的双脚，布茹玛汗心疼得红了眼圈。她一边把罗齐辉的双脚揣在怀里取暖，一边让麦尔干赶紧去杀羊——多年高寒山区的生活经验告诉她，若不及时将战士冻伤的双脚放进热羊血中浸泡，他的脚很可能就保不住了。

很快，热羊血端来了，布茹玛汗把罗齐辉的双脚放进去轻轻揉搓，之后又放入掏空内脏的羊肚里热敷。渐渐地，罗齐辉的双脚恢复了血色和知觉……

3

两年前，布茹玛汗的双膝做了骨刺手术，虽然恢复了行动能力，却已离不开拐杖。即使这样，她还是常常让麦尔干带她去山口看看。在布茹玛汗的影响下，她的 5 个孩子都成了义务护边员。

多年来，布茹玛汗义务护边的事迹在西陲高原上传颂，越来越多的牧民在放牧时主动承担起义务巡边、护边的任务。

27 岁的古力司坦·库尔曼白克从吉根乡考入武汉大学，又回到家乡，成为一名义务护边员。在那个山口，他和同伴学着布茹玛汗的样子，刻了一块"中国石"，用油漆描了红。他们还种了几棵树，省下洗脸水浇灌它们，第二年竟然真的发了嫩芽……

"执勤房门口有绿树、有'中国石'，天气好的时候，能看见丰茂的牧草和满山的牛羊。守在那里，真的就像守护着自己的家。"在褐黄色的群山和皑皑白雪之间，最鲜艳的是房子周围的国旗。这里，是中国境内最后一缕阳光照射的地方。

（摘自《读者》2021 年第 15 期）

闻先生真是一团火

王京雪

2022年4月2日至7月3日,"红烛颂:闻一多、闻立鹏艺术作品展"在清华大学艺术博物馆举行。在这场父子二人的作品展上,观众很容易便能察觉到一种传承的流动,看到诗人、学者、民主斗士之外的"艺术家闻一多"。同时,从照片、信札和闻立鹏的画作与讲述中,人们还会看到"父亲闻一多"的形象,并惊讶地发现,刚烈的勇士,原来有一副柔软的心肠。

家　书

"这一星期内,可真难为了我!在家里做老爷,又做太太;做父亲,还要做母亲。小弟闭口不言,只时来我身边亲亲。大妹就毫不客气,心直口快。小小妹到夜里就发脾气,你知道她心里有事,只口不会说罢了!家里既然如此,再加上耳边时来一阵炮声、飞机声,提醒你多少不敢想的事,令你做文章没有心思,看书也没有心思,拔草也没有心思……你不晓得男人做起母亲来,比女人的心还要软。"1937年7月15日,"卢沟桥事变"爆发一周后,闻一多在给妻子高孝贞的信中如此感叹。

半个月前,高孝贞带着长子闻立鹤、次子闻立雕回湖北老家省亲,闻一多同3个更年幼的孩子留在北平清华园的家中。信里的"小弟",就是闻一多的三子闻立鹏。

平静的生活被侵略者的炮火打碎。3天后,闻一多带着儿女和女佣赵妈匆匆南下逃难,一路颇为狼狈。时年6岁的闻立鹏还不太理解大人们的紧张,被孩子的眼睛留存进记忆深处的画面,是他们逃到南京后,坐船去武汉,"看到了大轮船"。

在武汉,闻一多与家人团聚没多久,就于同年10月独自离家,前往长沙,担任西南联大的前身——长沙临时大学的教授。此后,近一年时间,他与妻子儿女分隔两地,只能借一封封家书倾诉思念。

"家书抵万金。"闻一多是个恋家的人,常常一离家,就翘首期盼起亲人的来信。在美国留学时,他就数次写信抱怨家里人来信太少,直白地问弟弟:"久不写信何故?"问妹妹:"为什么不多写些好的长的信来呢?"还问双亲和妻子:"留学累月不得家书之苦唯我知之!"

赴美第一年年底,闻一多的第一个孩子——女儿闻立瑛出生。家人没有及时告知闻一多,这令他很不满,给父母写信说:"孝贞分娩,家中也无信来,只到上回父亲才在信纸角上缀了几个小字说我女名某,这就完了。大约要是生了一个男孩,便是打电报来也值得罢?我老实讲,我得一女,正如我愿,我很得意。我将来要将我的女儿教育出来给大家做个榜样……我的希望与快乐将来就在此女身上。"遗憾的是，4年后，闻立瑛因病早夭。

诗人总是有话直说，从不吝啬在信中表达对妻子儿女的热切情感。

日后成为画家的闻立鹏，早记不清年幼时在给父亲的信里画过什么，他笑着说："六七岁的小孩会画什么？胡涂乱抹吧。"但这幼童的"胡涂乱抹"正是闻一多一再急切索要、倍加珍惜的。

孩子们的每封信都被父亲郑重其事地对待。他夸长子立鹤的信写得好，拿去给朋友们看，赚来一圈赞美。他怪次子立雕不多写信："难道我一出门，你们就把我忘记了吗？"儿子们的信写得比从前语句更通顺、字迹也更整齐了，他高兴得"今天非多吃一碗饭不可"，还大力夸赞："你们的信稿究竟有人改过没有？像这样进步下去，如何是好！"

闻一多是那种不轻易否定孩子的父亲。他极关心子女的健康和学业，时常询问子女读书的情况，虽然一直忧心次子功课不好，却又特地在给妻子的信里强调："雕儿玩心大，且脾气乖张，但绝非废材，务当遇事劝导，不可怒骂。对鹏儿名女，亦当如此。"

"他是个慈父，脾气好，几乎从不对我们发脾气。不是那种严肃、权威、老古董似的父亲。"闻立鹏说。

对孩子，闻一多有万般耐心与柔情。1938年2月，战争逼近湖南，长沙临大再迁至昆明，闻一多参加由近300名学生组成的"湘黔滇旅行团"，徒步3000里地前往昆明。出发前，他在家书中提及上回离家时与儿女们道别的情形："那天动身的时候，他们都睡着了，我想如果不叫醒他们，说我走了，恐怕他们第二天起来，看不见我，心里失望，所以我把他们一一叫醒，跟他们说我走了，叫他们再睡。但是叫到小弟，话没有说完，喉咙管硬了，说不出来，所以没有叫大妹，实在是不能叫……

出了一生的门,现在更不是小孩子,然而一上轿子,我就哭了……40岁的人,何以这样心软。"

从年少读到年老,每次读这封信,闻立鹏都会心头泛酸。他已记不得在睡梦里被父亲叫醒的画面,记不得父亲说不出话的样子,记不得父亲说过什么……所幸有家书,定格了这被年幼的小儿女忽略的深情,封存起一个父亲对孩子永久的爱意。

背　影

1938年8月底,闻一多终于设法将家人接至昆明。此后,他们一家在昆明住了8年。

对昆明这座城市,闻立鹏怀着复杂的情感。在那里,有他与父亲共度最久的一段光阴,有他最珍贵的童年记忆,可也是在那里,他失去了父亲。

"我印象最深的画面,是父亲的背影。"闻立鹏说,"那时条件困难,一间屋子既是我父亲的书房、会客室,又挤着我和妹妹的床,还有我父母的床。有时我夜里醒来,就看见父亲还披着衣服、弓着背,坐在桌前刻图章。"

1944年,战时物价暴涨,闻家人口多,闻一多的月薪仅够一家人勉强支持10天左右。书籍衣物变卖殆尽后,他去校外兼课、写文章、做报告,为节省炭火,在腊月带着全家大大小小的孩子去小河边洗脸……虽想尽一切办法,但一家人仍时不时在断炊中度日。直到闻一多在朋友建议下公开挂牌,为人刻印,成为一个"手工业劳动者",家中的经济状况才有所改善。然而闻一多的面容日渐消瘦,手指上也磨出了硬茧,但在最劳碌的日子里，他依然是那个几乎从不对子女发火的好脾气父亲。

闻立鹏记得，有一回，二哥闻立雕从学校拿回一块钠，放入盛水的茶壶，试着按课堂上教的钠加水产生氢气的原理制造氢气，结果钠放得太多，引起爆炸，伤到了围观的大妹。"二哥闯了祸，我们都吓坏了，没想到父亲并没责备我们，只是借此讲了个道理，说了句谚语：'一知半解是危险的事。'"闻立鹏说。

闻一多会郑重对待年幼儿女的书信，也会郑重倾听孩子们的意见。

有一回，闻一多的小女儿闻惠羽在家里闹脾气，被闹得心烦、无法工作的闻一多一反常态地打了女儿两下，结果被儿子闻立雕质问："你平时天天在外面讲民主，怎么在家里动手打人！这叫什么民主？""今天是我不对。"闻一多向儿女承认错误，"希望你们以后不要这样对待你们的孩子。"

1945年，通货膨胀严重，闻一多提高了自己治印的费用，被长子闻立鹤责问："这是不是发国难财？"闻一多沉默良久，说："立鹤，你这话我将一辈子记着。"

后来，常有人问闻一多的子女，闻一多是怎么教育孩子的。

在闻立鹏的印象中，父亲也不曾对他们兄妹提过多少要求和期望，除了在给哥哥们的信中说过："务必把中文底子打好。我自己教中文，希望我的儿子在中文上总要比一般人强一点儿。"

闻立雕也曾在文章中写过，父亲是寓教于日常生活，身教多于言教，熏陶和潜移默化多于灌输。"例如，他要求我们每个孩子都要好好读书，而他自己只要没有别的事，就放下碗筷坐到书桌前，不是看书就是写东西，天天如此，月月如此，年年如此。受他的影响，我们自然也就形成了看书写字的习惯。"

为国担当，为家担当。无须说太多，闻一多只需做自己的事，他走在前方的背影，便是对儿女们的指引。

父　子

抗战胜利后，西南联大宣告解散，师生分批返回平津。

因为机票紧张，闻立鹏与二哥闻立雕遵循家中安排，先行飞往重庆，在那里等待与家人会合，再一同返回北平。

1946年6月29日，闻一多在百忙之中给两个儿子写信，信末说："我这几天特别忙，一半也是要把应办的事早些办完，以便早些动身。小弟的皮鞋买了没有？如未买，应早买，因为北平更贵。"

"在昆明，我和妹妹从没穿过皮鞋，一直穿母亲做的布鞋，父亲知道重庆的猪皮便宜，所以这样提醒。"闻立鹏解释。忙碌中的父亲，一如既往地细致，连这样小的事也牵挂在心。

没人料到，这会是闻一多的最后一封家书。半个月后，7月15日，闻一多在李公朴追悼大会上拍案而起，即兴发表了著名的《最后一次讲演》："我们随时准备像李先生一样，前脚跨出大门，后脚就不准备再跨进大门！"当天下午，他在回家途中遭国民党特务杀害，与其同行的长子闻立鹤扑在闻一多身上试图保护父亲，身中5弹，死里逃生。

这一年，闻立鹏15岁。回北平后，闻立鹏进入北平四中继续读书，座位斜对面是两个上学坐吉普车、上课玩手枪的国民党高干子弟。因此他不愿留在四中。1947年，闻立鹏背着母亲打好的行装，前往晋冀鲁豫解放区，进入北方大学美术系学习。

闻一多生前非常向往解放区，曾说过将来要把孩子们都送去那边学习。"因为我是闻一多的儿子，老师、同学待我特别好。我在班里最小，大家叫我'小弟'，对我百般照顾。睡地铺时，几个同学帮我铺好稻草，他们一边一个，让我睡在当中。"闻立鹏深情地回忆着。

"大家对我的另眼相待，包含着很深刻的感情，使我觉得身为'闻一多儿子'，有着更重的分量。"在解放区，闻立鹏第一次用不同于儿子看父亲的目光注视闻一多，他开始更深入地理解父亲的其他身份，并在此后的漫漫人生路上，不断加深对父亲的认识。

闻一多生前没给子女们立下什么家规家训，但闻家几兄妹似乎都有些共同的脾性和不言自明的准绳。

"要踏踏实实做人。做个真正的人，大写的人。"闻立鹏将重音落在"人"字上，"始终坚信真理和正义，向好的靠拢，向好的学习。"

红 烛

从年轻时拿起画笔开始，闻立鹏就想画自己的父亲。30余年后，他终于在1979年完成了关于闻一多的经典作品《红烛颂》。

1978年，构思这幅画作时，闻立鹏的年纪正好到了父亲辞世时的47岁。此后每个春秋，他都比父亲更年长。

画面上，一根根红烛燃烧在烈火中，闻一多口衔烟斗，回眸凝视。

红烛的意象，来自闻一多的首部诗集《红烛》的序诗：

red烛啊！
你心火发光之期，
正是泪流开始之日。
……

>　　红烛啊！
>
>　　你流一滴泪，灰一分心。
>
>　　灰心流泪你的果，
>
>　　创造光明你的因。
>
>　　红烛啊！
>
>　　"莫问收获，但问耕耘。"

　　经历过风浪，对人生有了更深的理解后，闻立鹏重读《闻一多全集》，反复吟诵父亲的诗句，逐渐将红烛视为闻一多人格的象征。对于父亲，闻立鹏最希望人们看重的，莫过于其独特的人格。

　　"在艺术上、文学上、学术上，比父亲有成就的人还有很多。但在人格与精神层面，他有更独特、更值得人们关注的东西。"闻立鹏说。

　　要如何形容闻一多的人格呢？闻立鹏提起朱自清的那句话："闻先生真是一团火。"这火永不熄灭。

（摘自《读者》2022年第17期）

88 岁的"上班族"

祖一飞

88 岁的顾诵芬至今仍是一名"上班族"。

几乎每个工作日的早晨,他都会按时出现在中国航空工业集团科技委的办公楼里。从住处到办公区,不到 500 米的距离,他要花十几分钟才能走完。

自 1986 年起,顾诵芬就在这栋小楼里办公。他始终保持着几个"戒不掉"的习惯:早上进办公室前,一定要走到楼道尽头把廊灯关掉;用完电脑后,他要拿一张蓝色布罩盖上防尘;各种发言稿从不打印,而是亲手在稿纸上修改誊写;审阅资料和文件时,有想法随时用铅笔在空白处批注……这是长年从事飞机设计工作养成的习惯,也透露出顾诵芬骨子里的认真与严谨。自 1956 年起,他先后参与、主持歼教-1、初教-6、歼-8 和歼-8Ⅱ等机型的设计研发。1991 年,顾诵芬当选中国科学院院士,1994 年当选中国工程院院士，成为我国航空领域唯一的两院院士。

战机一代一代更迭，老一辈航空人的热情却丝毫未减。2016年6月，大型运输机运-20交付部队；2017年5月，大型客机C919首飞成功；2018年10月，水陆两栖飞机AG600完成水上首飞，向正式投产迈出重要一步。这些国产大飞机能够从构想变为现实，同样有顾诵芬的功劳。

相隔5米观察歼-8飞行

顾诵芬办公室的书柜上，有5架摆放整齐的飞机模型。最右边的一架歼-8Ⅱ型战机，总设计师正是他。作为一款综合性能强、具备全天候作战能力的二代机，至今仍有部分歼-8Ⅱ在部队服役。而它的前身，是我国自主设计的第一款高空高速战机——歼-8。

20世纪60年代初，我国的主力机型是从苏联仿制引进的歼-7。当时用它来打美军U-2侦察机，受航程、爬升速度等性能所限，打了几次都没有成功。面对领空被侵犯的威胁，中国迫切需要一种"爬得快、留空时间长、看得远"的战机，歼-8的设计构想由此被提上日程。

1964年，歼-8设计方案拟定，顾诵芬和同事投入飞机的设计研发中。1969年7月5日，歼-8顺利完成首飞。但没过多久，问题就来了。在跨音速飞行试验中，歼-8出现强烈的振动现象。用飞行员的话说，就好比一辆破旧的公共汽车开到了不平坦的马路上，"人的身体实在受不了"。为了找到问题所在，顾诵芬想到一个办法——把毛线条粘在机身上，以观察飞机在空中的气流扰动情况。

由于缺少高清的摄像设备，要看清楚毛线条只有一种办法，就是坐在另一架飞机上近距离观察，且两架飞机之间必须保持5米左右的距离。

顾诵芬决定亲自上天观察。作为没有经过特殊训练的非飞行人员，他在空中承受着常人难以忍受的过载反应，用望远镜仔细观察后，终于发现问题出在后机身。飞机上天后，这片区域的毛线条全部被气流刮掉。顾诵芬记录下后机身的流线谱，提出采用局部整流包皮修形的方法，并亲自做了修形设计，与技术人员一起改装。飞机再次试飞时，跨声速抖振的问题果然消失了。

直到问题解决后，顾诵芬也没有把上天的事情告诉妻子江泽菲，因为妻子的姐夫、同为飞机设计师的黄志千就是在空难中离世的。那件事后，他们立下一个约定——不再乘坐飞机。并非不信任飞机的安全性，而是无法承受失去亲人的痛苦。回想起这次冒险，顾诵芬仍记得试飞员鹿鸣东说过的一句话："我们这些人，生死的问题早已解决了。"

1979年年底，歼-8正式定型。庆功宴上，喝酒都用的是大碗。从不沾酒的顾诵芬也拿起碗痛饮，这是他在飞机设计生涯中唯一一次喝得酩酊大醉。那一晚，顾诵芬喝吐了，但他笑得很开心。

伴一架航模"起飞"

顾诵芬是一个爱笑的人。如果留心观察，你会发现他在所有照片上都是一张笑脸。在保存下来的黑白照片中，童年时的一张最为有趣：他叉着腿坐在地上，面前摆满了玩具模型，汽车、火车、坦克，应有尽有，镜头前的顾诵芬笑得很开心。

在他10岁生日那天，教物理的叔叔送来一架航模作为礼物。顾诵芬高兴坏了，拿着到处跑。但这架航模制作比较简单，撞了几次就没办法正常飞行了。父亲看到儿子很喜欢，就带他去上海的外国航模店买了一架质量更好的,"那架飞机,从柜台上放飞,可以在商店里绕一圈再回来"。玩得多了,新航模也有损坏,顾诵芬便尝试自己修理。没钱买胶水,他找来废电影胶片,用丙酮溶解后充当黏合剂;碰上结构受损,他用火柴棒代替轻木重新加固。"看到自己修好的航模飞起来,心情是特别舒畅的。"

酷爱航模的顾诵芬似乎与家庭环境有些违和。他出生在一个书香世家,父亲顾廷龙毕业于燕京大学国文系,是著名的国学大师,不仅擅长书法,在目录学和现代中国图书馆事业上也有不小的贡献。顾诵芬的母亲潘承圭出身于苏州的望族,是当时为数不多的知识女性。顾诵芬出生后,家人特意从西晋诗人陆机的名句"咏世德之骏烈,诵先人之清芬"中取了"诵芬"二字为他起名。虽说家庭重文,但父亲并未干涉儿子对理工科的喜爱,顾诵芬的动手能力也在玩耍中得到锻炼。《顾廷龙年谱》中记录着这样一个故事:一日大雨过后,路上积水成河,顾诵芬"以乌贼骨制为小艇放玩,邻人皆叹赏"。

"七七"事变爆发时,顾廷龙正在燕京大学任职。1937年7月28日,日军轰炸中国29军营地,年幼的顾诵芬目睹轰炸机从头顶飞过,"连投下的炸弹都看得一清二楚,玻璃窗被冲击波震得粉碎"。从那天起,他立志要保卫祖国的蓝天,将来不再受外国侵略。

考大学时,顾诵芬参加了浙江大学、清华大学和上海交通大学的入学考试,报考的全是航空系,结果3所学校的考试全部通过。因母亲舍不得他远离,顾诵芬最终选择留在上海。

1951年8月,顾诵芬大学毕业。上级组织决定,要把这一年的航空系毕业生全部分配到中央新组建的航空工业系统。接到这条通知时,顾诵芬的父母和上海交通大学航空系主任曹鹤荪都舍不得放他走。但最终,顾诵芬还是踏上了北上的火车。到达北京后，他被分配到位于沈阳的航空工业局。

"告诉设计人员，要他们做无名英雄"

共和国成立后，苏联专家曾指导中国人制造飞机，但同时，他们的原则也很明确：不教中国人设计飞机。中国虽有飞机工厂，实质上只是苏联原厂的复制厂，无权在设计上进行任何改动，更不要说设计一款新机型。

每次向苏联提订货需求时，顾诵芬都会要求对方提供设计飞机要用到的《设计员指南》《强度规范》等资料。苏联方面从不回应，但顾诵芬坚持索要。那时候他就已经意识到，"仿制而不自行设计，就等于命根子在人家手里，我们没有任何主动权"。

顾诵芬的想法与上层的决策部署不谋而合。1956 年 8 月，航空工业局下发《关于成立飞机、发动机设计室的命令》。这一年国庆节后，26 岁的顾诵芬进入新成立的飞机设计室。在这里，他接到的第一项任务，是设计一架喷气式教练机。顾诵芬被安排在气动组担任组长，还没上手，他就倍感压力。上学时学的是螺旋桨飞机，他对喷气式飞机的设计没有任何概念。除此之外，设计要求平直翼飞机的马赫数达到 0.8，这在当时也是一个难题。设计室没有条件请专家来指导，顾诵芬只能不断自学，慢慢摸索。

本专业的难题还没解决，新的难题又找上门来。做试验需要用到一种鼓风机，当时市面上买不到，组织上便安排顾诵芬设计一台。顾诵芬从没接触过鼓风机，只能硬着头皮上。通过参考国外资料，他硬是完成了这项任务。在一次试验中，设计室需要一排很细的管子用作梳状测压探头，这样的设备国内没有生产，只能自己制作。怎么办呢？顾诵芬与年轻同事想出一个法子——用针头改造。于是连续几天晚上，他都和同事跑到医院去捡废针头，拿回设计室将针头焊在铜管上，再用白铁皮包起来，就这样做成了符合要求的梳状排管。

1958年7月26日，歼教-1在沈阳飞机厂机场首飞成功。时任军事科学院院长的叶剑英元帅为首飞仪式剪彩。考虑到当时的国际环境，首飞成功的消息没有被公开，只发了一条内部消息。周恩来总理知道后托人带话："告诉这架飞机的设计人员，要他们做无名英雄。"

退而不休，力推国产大飞机研制

在中国的商用飞机市场，波音、空客等飞机制造商占据着极大份额，国产大型飞机却迟迟未发展起来。看到这种情况，顾诵芬一直在思考。但当时国内各方专家为一个问题争执不下：国产大飞机应该先造军用机还是民用机？

2001年，71岁的顾诵芬亲自上阵，带领课题组走访空军，又赴上海、西安等地调研。在实地考察后，他认为军用运输机有70%的技术可以和民航客机通用，建议统筹协调两种机型的研制。各部门论证时，顾诵芬受到一些人的批评："我们讨论的是大型客机，你怎么又提大型运输机呢？"甚至有人不愿意让顾诵芬参加会议，理由是他的观点不合理。顾诵芬没有放弃，一次次讨论甚至争论后，他的观点占了上风。2007年2月，温家宝总理主持召开国务院常务会议，批准了大型飞机项目，决策中吸收了顾诵芬所提建议的核心内容。

2012年年底，顾诵芬参加了运-20的试飞评审，那时他的身体已经出现直肠癌的症状，回去后就确诊并接受了手术。考虑到身体情况，首飞仪式他没能参加。但行业内的人都清楚，飞机能够上天，顾诵芬功不可没。

尽管不再参与新机型的研制，顾诵芬仍关注着航空领域，每天总要上网看看最新的航空动态。有学生请教问题，他随口就能举出国内外相近的案例。提到哪篇新发表的期刊文章，他连页码都能记得八九不离十。一些重要的外文资料，他甚至会翻译好提供给学生阅读。除了给年轻人一些指导，顾诵芬还在编写一套涉及航空装备未来发展方向的丛书。全书共计100多万字，各企业院所有近200人参与。每稿完毕，作为主编的顾诵芬必亲自审阅修改。

已近鲐背之年，顾诵芬仍保持着严谨细致的作风。一次采访中，记者与工作人员交谈的间隙，他特意从二楼走下，递来一本往期的杂志。在一篇报道隐形战机设计师李天的文章中，他用铅笔在空白处批注得密密麻麻。"这些重点你们不能落下……"

（摘自《读者》2019年第1期）

当代愚公

杨学义

"下庄像口井,井有万丈深。来回走一趟,眼花头又昏。"重庆市巫山县竹贤乡下庄村,四面群峰耸立。村民世世代代传唱着这首山歌。过去村民要出村,得向后山攀爬,绕过108道"之"字拐,越过三个巨大的山墩子,才能翻过海拔1300多米的山峰。爬到最高的山墩子上,会看到一派壁立千仞之景,煞是惊人。其中最高的一座孤峰状如龙头,恰似仰天长啸,是为"笑天龙"。

而如今,一条蜿蜒8公里的公路悬挂在巨石嶙峋的山崖边,从高空俯瞰,竟也恰似一条缠绕在群山之中的卧龙。如果天气晴朗,站在路途最险处的"私钱洞"观景台眺望,人们不禁会慨叹:有谁能想到,这竟是下庄村村民用双手硬生生凿出来的天路!

带领村民凿出这条天路的,就是在2021年2月25日获得"全国脱贫攻坚楷模"荣誉称号的下庄村党支部书记毛相林。

被时代消解的世外桃源

当记者沿着绝壁之路行进在去往下庄村的途中时，正值大雾。没了远方景色的参照，虽体会不到壮观，却恍若身处仙境。当终于走到山沟里的下庄村时，就能体会到一派其乐融融的世外桃源之景。

"这个村子至少有500年的历史了，最初张姓人家为大户，从他们最初的选址来看，应是看中了这里肥沃的土壤。"毛相林向记者娓娓道来。在农耕时代，这里真的可以媲美桃花源。从自然条件来看，下庄村在农业种植方面堪称得天独厚。毛相林说，即便在物资匮乏的时代，这里的村民一年也能杀两头猪，种两季苞米，"可以说一年四季都有收入，很多住在山外、山上的女子都愿意嫁过来"。

这种情况在20世纪90年代发生了变化。全村人察觉到，越来越多的下庄村姑娘出去了就不再回来，外村的姑娘也不愿嫁到这里来。

村民看到"光棍"越来越多，开始着急了：断了香火怎么办？此前，在村里任团支部书记、民兵连连长的毛相林经常要翻过后山，去外面采购肥料。在80多公里外的村子，他看到村民家中摆了一些新鲜"玩意儿"，好奇不已。询问后他才知道，这些东西是电视、冰箱，"他们还告诉我，冰箱可以冻肉、冻菜，可以保鲜"。毛相林感到很羞愧，几百年来，下庄人享受着丰饶的物产，但与生俱来的骄傲气质瞬间被外面那些他们不了解的现实摧毁了。

1997年，一组修路前的数据让人触目惊心。在下庄村的96户397人中，有100多人没去过县城，也没见过公路、汽车和高楼；有300多人没见过电视；有 100 多人从未看过电影。好几户下庄村村民对记者说，在他们的印象里，村里好几个老太太不到 20 岁就嫁到这里，但至死再未出过山。

再高的山，都挡不住时代的变化。毛相林深刻地意识到：下庄村的闭塞与时代的巨变越来越格格不入。如果再不见世面，下庄人就难生存下去了。

不顾一切，凿出去

遇到晴朗的天气，汽车行进在下庄村陡峭的绝壁上，一路险象环生。在鸡冠梁、私钱洞、鱼儿溪等关键路段行驶，更是心有余悸。

1997 年，刚刚担任村党支部书记不久的毛相林与驻村干部一拍即合，铁了心要在悬崖峭壁上凿出一条路来。"毛相林是不是疯了？"有的村民质疑他异想天开，有的则质疑他会因缺乏资金半途而废。但也有迫切想修路的村民算了一笔账：如果每家每户喂一头猪，每头猪 100 公斤，卖 400 元，全村一年就可以卖将近 4 万元，10 年就是 40 万元，可以买 40 吨炸药、雷管、导火线等修路物资。而只要 3 吨炸药就足以支撑修两个月的路，剩下的时间，村民可以外出打工，养家的同时继续攒钱修路。当时，毛相林对村民们说："山凿一尺宽一尺，路修一丈长一丈，就算我们这代人穷十年苦十年，也一定要让下辈人过上好日子。"在表彰大会上，他的这句话也被习近平总书记引用了。

村民动容了，短短 5 天，就筹集了 3960 元，作为第一笔修路资金。毛相林找到母亲，他的母亲是位老党员，将省吃俭用攒下的 700 块养老钱借给他。毛相林还将房子抵押出去，贷款修路。"如果这个时候我不冲在前面,不带头,老百姓怎么会服?"

村民最担心的,还是安全问题。在悬崖峭壁上修路,怎么会没有危险呢?在下庄村,由于煤炭运不进来,村民只能靠劈柴取暖,而树木多长在高山悬崖,数年来有很多村民都因砍柴坠崖身亡。

最终,村民们被说服了,纷纷签订生死状。1997年农历十一月初八,首批80名修路村民集体奔赴悬崖之上的鱼儿溪畔的龙水井,并在附近悬崖安装了炸药。随着毛相林一声令下,轰隆隆……下庄村的希望之路开凿了。

几乎每一个村民都有几次与死神擦肩而过的经历。从1997年开工到2004年贯通,全村因修路一共牺牲了6个村民。

1999年8月的一天,村民沈庆富被山上掉下来的巨石砸中脑袋,坠崖身亡,年仅26岁。那一天,他刚刚请了两天假,准备下山与半年未见的妻子和不满3岁的孩子团聚。而坠崖前,他正趁着黄昏,往前赶工。50多天后的9月30日,36岁的黄会元也被石头砸中了脑袋,坠崖身亡。"想脱贫致富嘛!其实修这条路,我们这代人也享受不到什么,主要是为子孙后代造福。"牺牲的前一天,恰有记者到一线采访,面对摄像机,他说出了这句话,这也是他生前留下的唯一影像。

20多年过去了,毛相林对黄会元至今心存愧疚。黄会元本来已经在1995年举家迁往湖北省荆门县,他在当地采石场,学会了凿岩机技术。是毛相林说服黄会元回来的,而黄会元跟妻子软磨硬泡,最终才决定带着3个孩子回乡。村民冲到崖底,将黄会元的尸首抬回了村,交给他父亲黄益坤。"我们晚辈都叫他坤爷,这个人脾气古怪,性格孤僻,我们从小就怕他",毛相林做好了挨打挨骂的准备,下决心负荆请罪。但没想到黄益坤并未责怪谁,反而对他们说"没想到你们还能把他的尸首抬回来",

还嘱咐将原本为自己准备的那口棺材给儿子用。

10月1日晚上，全村为黄会元举行了葬礼，毛相林的心理防线崩溃了。以往面对村民的质疑，甚至攻击，他丝毫没有动摇、退缩过，但短短50多天内接连死了两名乡亲，他有了放弃修路的念头，全村村民也陷入巨大的悲痛中。就在这时，谁也没有想到，黄益坤在葬礼上说了这样一番话："我儿牺牲了，我还要动员全村老幼再努一把力，再添一把火，把这条路修通。只有把路修通了，子孙后代才可以摆脱贫困！"

全村人震惊了，没想到这个怪老头竟如此深明大义！毛相林被点醒了：乡亲们不能白死啊！于是他对所有在场的村民高喊："同意继续修路的请举手！"此时，所有村民都举起手，自发喊出："我们同意！"可以说，从黄益坤说出这句话开始，下庄的这条天路就注定要修通了！后来，又有4名村民牺牲，也有人受伤，但毛相林和村民们再也没有动摇过。

修"天路"难，走致富路更难

2004年4月，这条8公里长的"天路"终于凿通了。毛相林找了一辆车开进村，全村男女老少跟在后面，啧啧称奇，"真是菩萨显灵"！不少老人还是第一次看到汽车。毛相林更加清醒地意识到，修路只是让村民摆脱贫困的开始。

路修好后不久，毛相林开始规划村中产业，他看中了利润最高的漆树。"种这种树基本不会有什么成本，冬天埋下来，第二年春天就能长高，利润也高。"不过让他意想不到的是，"老百姓一沾到生漆，皮肤就会烂，尤其是夏天，我们这里气温高达40多摄氏度"。更让他没想到的是，漆树怕高温，到了第二年夏天，树全部死掉了。

2008年,种植漆树失败后,毛相林将目光投向养蚕。但是由于种植桑树的方法不当,蚕吃完后营养不良,也都死掉了。2010年,不少村民又看到村里有些农户养山羊增收显著,于是自发购买山羊,在山地放牧。可是漫山遍野的山羊在下庄村跑,最要命的是吃村民田里的庄稼。许多被吃了庄稼的村民要求羊主人以山羊作赔,双方因此打得不可开交。最后,村里统一安排将山羊卖掉,才最终解决了纠纷。

从2010年到2013年,毛相林经历了脱贫之路的"至暗时刻"。"那段时间,村民经常埋怨我,说好几次听我的都失败了。闲言碎语也很多,我当时赌气,不想搞了。"毛相林在村里面临着信任危机。现在再回想那段岁月,他说:"修路难,发展更难。修路还可以靠一股蛮劲儿干,但发展不行,要靠科学。"摸索了好几年后,毛相林才意识到这一点,于是开始向外界求助。

他遍访县里的农业专家,还到周边各地求人指导。"在外到处求人,回村还要受冷嘲热讽,面对这种情况不委屈吗?"记者问。"其实只要党员干部做了一点好事,老百姓就能记住,我还是没有做好。我这个党支部书记,不是给个人当的,是给大家、给老百姓当的,就是要给老百姓谋福利。如果老百姓有怨言,那就要怪你不善于总结,要有勇气将事情一件件给老百姓解释清楚,让他们心服口服地重新信任你、拥护你!"毛相林说。

2013年,经过深思熟虑,毛相林重新出发,推广"纽荷尔"脐橙种植。不少村民依然不敢投入资金,因为往年真金白银扔进去没有回报,他们担心钱再次打水漂。但这次毛相林有了底气——他不仅充分咨询了专家,还看到邻近的奉节县成功种植"纽荷尔",增收效果非常好。他还积极争取政策支持。"当时县农委有专项资金,不仅不要树苗钱,村民挖一个窝子还给10元钱，长活一棵树苗给5元钱。老百姓觉得这是给他们打工了，有保障，就搞嘛！"现在再来到下庄村，可以看见漫山遍野红彤彤的"纽荷尔"。"村里的1000亩地，现在有650亩种植'纽荷尔'。"2018年，村里成立专业合作社。2019年，"纽荷尔"迎来第一年丰收。

我理解的下庄精神：不怕死，死不怕

每个人都向往美好的生活，但每条通往美好的人生之路，注定和那条天路一样，惊心动魄，险象环生。

毛相林个子不高，自称"毛矮子"，村民也都这样叫他。在下庄村，还有很多个子矮、身体瘦弱的村民，但他们内心蕴藏着巨大的能量。"其实我是个不好惹的暴脾气，别人数落我，我真想直接站起来搞他两下！"正是下庄村这样一群小个子，携手征服了巍峨群山。

"我理解的下庄精神就是：不怕死，死不怕！"毛相林说，如果下庄村村民怕死，就修不出这条路。"以前，我们即便死了人，还是要继续修路，现在不需要我们付出生命代价，只需要科学和智慧就能致富，为什么就不能坚持呢？"

毛相林被称为"当代愚公"，但这种"愚"是一种"大智若愚"。也许，只有主动迎击人生的难、世间的险、岁月的苦，在阵痛中拥抱变化，甚至在必要时义无反顾地牺牲，才能真的迎来美好的人生。毛相林说："我想，这些不光在修路上有用，在脱贫攻坚上有用，在各行各业，也能让人终生受用！"

（摘自《读者》2021年第11期）

禾下长梦
摩登中产

1

袁隆平在重庆读大学时,有同学在嘉陵江失踪,他跳江搜寻,顺流而下,一口气游了5000多米。

他是游泳健将,读中学时得过游泳选拔赛100米和400米两个第一,还得过省体育运动会游泳项目的银牌。

1952年,贺龙主持西南地区运动会,袁隆平代表川东到成都参赛。他因好奇龙抄手等小吃,吃完后身体不适,表现不佳,最终得了第四名,而前三名都入选了国家队。

返回大学后,他报名参加空军,在800多报名者中脱颖而出,然而因抗美援朝战事放缓，他又被退回。

好友为他忧心，他却毫不在意，自我评价：生性散漫，喜欢过率性而为的生活。

他读的是农学院，在毕业分配表格上，随手填下"愿意到长江流域工作"，最终被分配到湘西的安江农校。

同学在地图上找了半天没找到，告诉他那里比较偏，会一盏孤灯照终身。袁隆平说："没事，寂寞时我就拉小提琴。"

他从重庆坐船到武汉，再从武汉坐火车到长沙，然后坐了两天烧炭的汽车，翻过雪峰山，最终到了安江。

校长生怕大学生跑了，特别强调学校有电灯，但令袁隆平更满意的是，学校旁边就是沅江，他放下行李就去游泳。

最开始，袁隆平负责教俄语，但很快改教遗传学。读大学时，他的专业是遗传育种，然而开始教书后，他才发现学校没有教材。于是，他带学生去雪峰山采集标本，自制图表，自编教材，在班上成立科研小组，做农学实验。

他时常想起小时候看的《摩登时代》，卓别林想喝牛奶，招手奶牛即来；想吃水果，手伸到窗外就摘。一个时代的摩登，根基在田园。

他开始做嫁接实验，让红薯上开月光花，让番茄下结马铃薯，让南瓜秧上长出西瓜："当年结了一个瓜，南瓜不像南瓜，西瓜不像西瓜，拿到教室让学生看，大家哄堂大笑，吃起来味道也怪怪的，不好吃。"

欢乐的实验很快戛然而止，"三年困难时期"到来。袁隆平在自传中说，亲眼看见饥饿的人倒在路边、田埂边和桥底下。

有人发明了"双蒸饭"，饭蒸两次后，会看着多一些。袁隆平几次梦见吃扣肉，醒来才知是南柯一梦。

他因此开始研究水稻。

1961年7月,他在田间偶然发现一棵鹤立鸡群的稻株。稻株的稻穗低垂,颗粒饱满,推算下来,用其做种子,水稻产量能翻一倍。他小心翼翼地培育了一年,但新稻田的收获令人失望。他坐在田埂上反思,意外地想明白了水稻杂交的可能性。

一切工作的关键变成寻找野生不育株。他带个水壶,前往稻田,寻找天然的特殊稻苗。多年后,他才知道,那个概率是1/50000。14天后,他在14万株稻苗间,找到了第一代不育株,并以此写了论文。1966年,他的论文发表在中国科学院主办的《科学通报》上。

他因那篇论文被高层关注,得以继续研究,然而妒者甚多:中专教师能搞什么研究,不过是骗取国家经费罢了。

1968年夏天,袁隆平培育的不育株一夜之间被人拔光。袁隆平四处寻找,3天后,在一口井中发现水面上浮着5株秧苗。

那5株秧苗成为宝贵的延续。此后为了安全,袁隆平带着两名助手,远行广东、广西、云南和海南。

在云南,他们遭遇滇南大地震,从废墟中抢出种子。在海南三亚,他们碰到大洪水,只得将秧苗带着土挖出,放到门板上,漂游转移。在海南时日子清苦,他们唯一的福利就是从老家带去的腊肉,但只有在特殊日子才能吃,若平时想吃,需举手表决。

1970年,袁隆平的助手李必湖在铁路涵洞的水洼中,发现了一棵野生的不育株。袁隆平从外地赶回,将其命名为"野败"。

"它像一堆野草,叶子一碰就掉了。"在当时,众人未曾料到,"野败"会成为奇迹的起点。

2

袁隆平研究发现,"野败"完全符合培育需求,18个省市的科研人员赶赴三亚,水稻杂交的浪潮自此开始。

1975年,南方的杂交水稻种植面积仅370公顷,一年后便飞跃至13.87万公顷,两年后激增至210万公顷。

袁隆平的事迹传遍神州,被写入课本。对这片饱经风霜的土地而言,吃饱饭的意义不言而喻。

1981年,袁隆平被国务院授予"特等发明奖",他也成为继陈景润之后,新的科学偶像。1982年,袁隆平受邀前往菲律宾,参加国际水稻学术报告会。登台后,投影仪忽然打出他的头像,下面写着"Yuan Longping, the Father of Hybrid Rice(袁隆平——杂交水稻之父)"。主办方的代表说:"我们把袁隆平先生称为'杂交水稻之父',他是当之无愧的。他的成就不仅是中国的骄傲,也是世界的骄傲。他的成就给世界带来了福音。"

事实上,早在1979年,袁隆平便已在国际会议上推广中国的杂交水稻,来自20多个国家的专家听得聚精会神。

会后不久,美国企业来华签订协议,要在美国种植杂交水稻,这是中国农业领域第一个对外技术转让合同。袁隆平5次赴美传授技术,骑自行车往来于美国的稻田。种植杂交水稻的稻田增产明显,美方震惊,特意到湖南拍了一部彩色纪录片,名叫《在中华人民共和国的花园里——中国杂交水稻的故事》。

杂交水稻迅速风靡世界,日本出版了《神奇水稻的威胁》一书,菲律宾总统飞到北京给袁隆平颁发勋章。

袁隆平的学生到东南亚的一些地区传授技术，因在政府军和反政府军交错地带工作，多次被绑架，但绑架者听说他是粮食专家，总会立即释放。在更远的非洲马达加斯加，杂交水稻解决了当地的温饱问题，被印在面额最大的货币上。袁隆平说，当时种植杂交水稻的国家有20多个，其中一个是印度，吃大米的人有八九亿，还有一个是越南，吃大米的人有六七千万。

成名后，袁隆平接受采访时，反复提及他有两个梦：一个梦，是他在稻田中睡觉，水稻像高粱一样高，稻穗像扫帚一样长，籽粒像花生一样大，他称其为"禾下乘凉梦"；另一个梦，是杂交水稻覆盖全球。若全球的稻田有一半种上杂交水稻，可多养活四亿到五亿人。

他倾其一生，希望实现两个梦。

3

20世纪90年代，袁隆平3次被推荐为中国科学院院士候选人，3次落选。舆论为他抱不平，但袁隆平淡然处之，"我搞杂交水稻研究不是为了当院士，没评上院士说明我的水平不够"。1995年，袁隆平成功当选中国工程院院士。2006年，袁隆平被推选为美国科学院外籍院士。在新当选院士的就职典礼上，美国科学院院长、诺贝尔奖得主西瑟·罗纳介绍袁隆平时说："袁隆平先生发明的杂交水稻技术，为世界粮食安全做出了杰出贡献，增产的粮食每年为世界解决了7000万人的吃饭问题。"

参会后，在美国白宫前，袁隆平被中国游客发现，人们纷纷要求合影和签名，有人喊他"伟大的科学家"。在自传中，袁隆平说，这让他诚惶诚恐，"不是伟大，是尾巴大，尾巴大了也有好处，就是不能翘尾巴"。

亲历近一个世纪的人生激流，袁隆平早知浮沉真意，高楼大厦让他压抑，他的梦终究还是在稻田之中。

晚年的袁隆平，活得越来越有青年时自在的感觉。他尽力远离喧嚣，说话也越来越直率。他写自传，说上学时爱睡懒觉，说他也在乎名利，只是不放在第一位。常有记者让他到稻田里拉着小提琴摆拍，最后他直言说自己拉得不好听。有记者问他："您是几代人都非常敬佩的偶像，能给年轻人一些人生方面的建议吗？"他回答："人生啊？这是哲学问题，我不懂，问哲学家吧！"

他的爱好只剩运动和看书。他一度迷上气排球，打球时老人高度兴奋，其他人忘记比分，他一定记得。几年前，因为气喘，他被迫放弃游泳，此后，走路也需要人搀扶。所幸看书不受影响，老人每周有3天看专业书，其他时间看文史、地理，以及其他专业之外的书。他说，运动和看书的目的，是让脑子灵活，让他还能够下田。

2020年11月，袁隆平的团队培育的第三代杂交水稻亩产达到1530.76公斤，刷新了世界纪录。他流泪了。对年逾九十的袁隆平而言，世事已难让他动情，除了禾下的梦。

然而，他无法再目睹两个梦的后续。2021年5月22日13时07分，袁隆平与世长辞。

悲怆之情在社交媒体上蔓延，不同年龄的人都在表达哀思。有的人平时沉默寡言，但离去时总让国人心头一空。

91岁的袁隆平，大半生在稻田之中。当我们见多了天马行空、光怪陆离的事，想起他，总觉得安心和有底气。

长沙市民自发送别袁隆平，浩荡的人潮拥入街巷。这是最朴素，也是最厚重的致意。那人潮，就像他曾经畅游的嘉陵江、沅江和长江。

江涛阵阵，送别一位老人。

（摘自《读者》2021年第13期）

一介"草人"

尹海月

坐冷板凳的"草人"

草业科学家任继周先生99岁了。住在北京北五环一个老旧小区的他,每天早上6点起床工作:查看邮件、修订《草业百科全书》的文稿。怕他身体吃不消,保姆每隔一小时就要提醒他休息一会儿。

2022年,他接连得了窒息性哮喘、肺炎。治愈后,记忆力严重衰退,头天晚上计划好的事,第二天早上他就忘了。早几年,他还有力气把报纸放到投影仪上看,现在只能背靠座椅,戴着眼镜,盯着显示屏上"小一"号文字。

害怕与社会脱节,他在2022年年底开了微信公众号,取名"草人说话"。"我现在没法发论文了,但还有很多话想说。"他倚在沙发上,缓缓地说。

任继周是中国草业科学奠基人之一,中国首位草业科学方面的院士,推动了草原学向草业产业的转变。他创建了中国高等农业院校第一个草原系,将草原学科从二级学科推动为一级学科。但这些声名只限于草业领域,普通人并不了解他,也不知道他最初研究草原,是为了让国人吃上肉、喝上牛奶。

"我上中学的时候经常生病。不光我身体不好,好多人都面黄肌瘦,吃不好。当时这种情况,要从营养上着想,就是吃肉喝奶。"任继周回忆,20世纪五六十年代,肉和奶都是奢侈品,市面上肉的肉质也不好。

为了提高草产量,让牛、羊产好肉、好奶,他做出了很多研究成果,这些成果至今仍在被应用。他和团队研制出了第一代草原划破机"燕尾犁",让高山上仅有两三寸高的草长到了半米左右,草产量也提高了4倍。他带着团队开展划区轮牧、季节畜牧业的试验,成倍提高了草原生产能力。

如今,半个多世纪过去了,肉和牛奶早已走上人们的餐桌。但任继周又在为人们吃得是否安全忧虑。2008年,"三聚氰胺事件"爆出,他倍感痛心,因为这背后的主要问题之一,是缺乏饲喂奶牛的高蛋白优质牧草,因此商家通过添加三聚氰胺来提高奶粉的蛋白检出量。

在任继周看来,饲料问题不解决,无从谈食物安全、粮食安全。据他预测,中长期内我国的口粮需求量约为2亿吨"食物当量"(将粮、果、菜、牧草、饲料等折合成一个标准),而家畜饲料需求量为5亿吨。"现在我们粮食不是不够吃,是饲料占了很大一部分,人吃的跟家畜吃的混合在一起了。"他在一次采访中说。

为了解决这个问题，早在20世纪八九十年代，他就通过在国内开展一系列科学试验，证明了用牧草代粮、实施草地农业是可行的，但限于各种原因，没有在国内推广开来，"其中有实际困难，更多的是传统耕地农业中，缺乏对牧草和畜禽的认知"。

近20年时间，他将全部精力投入对农业文化和农业伦理学的研究中。在他看来，问题的背后是"以粮为纲"的思维模式，"一说粮食安全就种粮食，养猪是为了肥田，养牛是为了耕田，缺乏动物生产的层面"。

"我想着最多活两年了，两年以内要把《农业伦理学概论》赶出来。"他把这件事看得很重，认为之所以会出现食品安全、生态环境破坏这些问题，是因为全社会的农业伦理观缺失，而农业伦理学是告诉人们"不仅要知道能做什么，还要知道不能做什么"。

他自称"草人"。"我像草一样，在最底层、最不起眼的地方工作。草是见缝插针，不与人争的。我这一辈子是能做什么就做什么，也不跟人争。你哪个专业红、热门，我不考虑，我就坐我的冷板凳，一坐就是几十年。"

像打仗一样念书

几乎每个受访的学生，都对任继周的勤奋、惜时、自律印象深刻。一位当过任继周学术秘书的学生说，任继周几乎不参加宴会，也不参加婚礼，但他会用自己的方式表达关心——一名学生结婚，他特地去对方家里看了看生活条件如何，是否需要经济上的帮助。在候机室、飞机上、火车上以及会议间隙，他都在看书、打字。

他这一辈子都"把时间抓得很紧"。少年时期，他坚持每天写日记，看遍了学校图书馆的书。大学毕业，他去甘肃兰州从事草原研究，一天能走100多里路。有时候一边拄着采集标本的采集杖在马路边上走，一边看书。

"文革"期间，为了挤出时间工作，他发明了"三段式睡眠法"——白天没有时间工作，晚上回家先睡两个小时；然后工作到次日清晨，睡两个小时；中午再补睡两个小时，每日如此循环。他在卧室、走廊、客厅都摆放了钟表，提醒自己分秒必争。

兰州大学教授林慧龙回忆，给任继周当助手时，把文稿发给任继周审阅，任继周再忙也会回复，有时是凌晨4点，细致到"连标点符号也要改"。中国农业科学院博导李向林曾在20世纪90年代跟着任继周在南方开展草地农业试验。在他的印象里，任继周不喝酒、不吸烟、不闲聊、不打牌，"没有任何不良爱好"。任继周为数不多的爱好是写诗、看球赛。

认准了就做

早在20世纪五六十年代，任继周就逐渐意识到，要解决草原的问题，光在草原上下功夫不行，要把草原的问题放在整个农业系统中考虑。

他刚到甘肃时，牧区比农区富有，人们大口吃肉，竞相"夸富"。1957年年底，他去越南讲学。1959年回国，发现农区穷，牧区更穷，"有羊也不能杀，需要大队批准"。之后几十年，他更是目睹了在工业化进程中，草原退化、家畜吃不饱、牧民生活贫苦的境况。

改革开放后，他提出建立一个生态研究所，"把草和牧加到农业系统，改造农业结构"。但当时，国家正处于百废待兴中，没人顾得上听他的呼声。

他四处奔走，争取支持，到1981年终于建立了甘肃草原生态研究所。

不过，面对别人的不理解，任继周并不灰心。他曾在接受一次采访时说："要把个人放进历史当中，不要在历史外头，觉得这不合适那不合适。命运这东西实际上是机遇，不能选择的。一个有生命力的人，应该找到自己生存的道理，应该找到发展的道路。要稳定，不要东张西望，认准了你就做。"

他等来了草业科学的发展机会。1984年，钱学森在一次会议上首次提到"草业产业"的概念，并引用任继周的观点，建议将草业发展成一门独立的产业。借着这股势头，任继周搭建起草业科学的框架。

他在甘肃农业大学开设"草坪学"课程，首开此专业教育的先河。他带领团队，通过混合播种草坪种子，在体育场、学校建起了一块块草坪。后来，他们为北京国家奥林匹克体育中心建设的草坪足球场，作为农业部的礼物，被捐赠给了第11届亚运会。而此前，这样的草坪需花钱从国外引进。"至今全国大约80%的草坪从业人员出自甘肃农业大学。"任继周在一篇文章中写道。

他的研究从草地农业生态学延伸到农业伦理学和农业文化。他说自己研究了40年草地农业系统，只是探讨了自然科学的"是"与"非"的问题，要真正付诸社会实践，还要升华为伦理学的"对"与"错"、"善"与"恶"的认知。

2014年，"农业系统发展史"与"农业伦理学"课程在兰州大学开设，90岁的任继周站着讲了一个小时的"农业伦理学"第一课。

最幸福的结局

如今，任继周还有很多想法，他想写写家庭伦理问题、食物伦理问题以及生态文明时代的农业伦理问题。但身体不允许了，他只能寄希望于后来者。

担心农业伦理学研究后继无人，他委托学生寻找合适的人才。前两年，一名在中国社科院农业经济系读书的博士向他请教一篇有关草业法的论文，多次跟该博士交流后，他欣喜不已，最终把对方引入农业伦理学的研究领域。

得知对方经济情况不好，任继周转给他5万元，让他专心做学问。后来，该博士去了兰州大学教课，任继周反复询问他住宿、办公的条件。"任先生像亲人一样温暖，我心甘情愿搭上一辈子（做农业伦理研究）。"这名博士说。

任继周经常对学生说，要读文学、哲学、历史，提高自己的文化素养。林慧龙觉得，任继周就像他"身边燃烧的一团火"，"他有那种迫切的愿望，推你往前走，你有任何要求，他都愿意为你奔波"。

但回想自己这一生，任继周仍觉得"做得太少太少"。任继周的生日是11月7日，这一天也是俄国十月革命纪念日、苏联的国庆日。2022年，孩子们给他过生日，晚饭后，家人都离去了，他一个人躺在床上，又回到那个战火纷飞的年代，想到在雨花台被枪杀的数十万英魂。"多大的牺牲啊。想到这些人，我心里就难过。"他想到苏联近70年而亡，"一个超级大国竟然活不过我。我这么渺小一个人，一介'草人'，什么权也没有，居然活到现在。"他眼含泪光，说自己太渺小。"不管权力多大，威势多么厉害，都是暂时的。知识分子应该承担起历史责任，把历史正道的气脉积蓄下来，非常要紧"。

他时常告诫自己的学生："把权和利忘光，心无旁骛做你的工作。把'小我'融入'大我'，把'他人'视作'他我'，不要总想着我、我、我。要融入大自然，融入社会，不要把自己孤立在一个小范围里头忧愁。"

任继周的院子里有一张圆桌，以前，两个哥哥一家人过来，全家人围聚在一起，十分热闹。后来，家人一个个都到"站"了，椅子一个个空了。"我自己也快到'站'了。"任继周感慨，"一个人只能做一个人该做的事情。孔子说，三十而立。立是个位子，要找到自己的生态位，人人该做什么就做什么，这个社会就好了。"他将自己和老伴攒的600多万元捐掉，在6个单位设立了草业科学奖学金。

他说，一个人最幸福的结局是"路倒"，"工作着工作着就离去了"。

林慧龙记得，许多年前，在参加一次会议的途中，任继周坐在车上，回忆起在河西走廊做科考的经历。他说当时有位老师躺在草地上休息，手里握着粮票，被一个土匪看见，二人厮打起来，土匪把这位老师杀了。

听到这个故事，林慧龙很震惊。但他记得，任继周讲述时很平静。

任继周说，自那之后他再也没有躺在路边休息过，也没有因为危险踌躇过，他一直往前走，从不回头。

（摘自《读者》2023年第15期）

和平年代的守护神

霹雳蓝

当你在互联网上清晰地看到一位缉毒警察的照片时,意味着什么?意味着,他已经牺牲了。

9月,正是秋高气爽,金风飒飒的日子。27年前的9月,是云南缉毒警察张从顺牺牲的日子。

1994年9月,在一次特大跨国毒贩抓捕行动中,张从顺和战友遭到毒贩的暴力反抗,最后毒贩引爆手榴弹,为了保护战友,张从顺壮烈牺牲。

当年,他最小的儿子张子权只有10岁,刚懂得离别的含义。泣不成声的张子权,用小手抹去满脸的泪水,哽咽道:"我一看见爹爹的照片,就想哭。"

2020年4月,记者再次采访张从顺烈士的家人。此时,张子权已经不能露脸——义无反顾地，他也成了一名缉毒警察。

1

很多年前，我看过一部关于卧底缉毒警察的纪录片，镜头里被打码、变声的警察说："和毒贩打交道，就是和亡命之徒打交道。缉毒警察是最危险的职业，毒贩经手的毒品基本以公斤甚至吨来计算，他们非常清楚自己是被判了死刑的人，所以一旦和警察交手，都抱着鱼死网破的极端心理。"

几乎是警察喊"不许动"的同时，毒贩已经举起了枪。

据说毒贩有一个不成文的规定：运送1公斤毒品，配一颗手榴弹；运送3公斤毒品，配两颗手雷；运送的毒品超过5公斤，就配一把勃朗宁手枪、数颗手雷甚至小钢炮。

当场牺牲的缉毒警察不计其数，幸存下来的，受伤率达100%。可以说，每一位缉毒警察都是遍体弹孔，满身刀伤。

2

1994年9月1日，在抓捕现场，张从顺和战友王世洲扑过去的同时，毒贩拉开手榴弹，"嘭"的一声，张从顺和战友瞬间成了血人。

"王世洲的胸口直接被炸成蜂窝状，张从顺整个小腿肚都被手榴弹炸没了……"

抓捕结束后，作为所长的张从顺，认为自己的伤不重，坚持先送重伤的战友。最后，只剩下张从顺了。此时，他处于严重失血的状态，没走多远,他的头就垂了下去,再也没能抬起来。

20多年了,那群中弹流血都没哭过的铁骨铮铮的汉子,在谈起牺牲的战友时,眼泪还是止不住扑簌簌地往下掉。

张从顺走了,抛下妻子和3个儿子。

失去至亲的痛,就像一道永远不会愈合的伤疤。

长子张子成极力克制着颤抖的声音,说:"他跑遍了这里所有的地方,每一个角落都好像有他的身影。"

3

作为张从顺的妻子,彭太珍既要面对自己失去丈夫的痛苦,还要面对孩子们失去父亲的崩溃。但她始终表现得非常克制,极少流泪。

正是这样一位看似平凡的母亲,数十年如一日地践行着伟大的定义。

亲人因禁毒事业牺牲,一般人家大多不愿意自己的孩子重走老路,这是人之常情。但在这个家庭,父亲的牺牲反而坚定了3个孩子的信念:长子张子成,成为镇康县公安局凤尾派出所教导员;次子张子兵,成为临沧市公安局交警支队民警;三子张子权,像父亲一样,站在禁毒的一线。

面对孩子们的选择,彭太珍说:"如果仍然选择这份职业,就一定要做好。"

3个儿子也非常了解母亲:"就算担心,她也不会说出口。再说,不可能因为危险就不去做这件事情。再危险也不过是牺牲,对不对?"

4

就在父亲牺牲的那个夜晚,10岁的张子权直接跳过少年的不谙世事,认定了奉献一生的目标。

2007年,张子权毕业,一开始并没有在禁毒一线,而是历经了多岗位的磨炼。4年后,张子权认为自己足够成熟,不会给父亲丢人,才主动申请调入禁毒一线。

很快,他就成为禁毒战线上的一员猛将。为成功侦办生产制造K粉原料的团伙案件,张子权冒着生命危险,在境外原始森林蹲守跟踪毒贩20余天,最终找到制毒窝点;执行抓捕行动时,明知对方是武装贩毒,张子权仍主动请战;在确认目标车辆后,他第一个冲上去亮明身份,强行打开车门,和战友控制了5名毒贩,缴获毒品40多公斤。

"当时情况很紧急,对方迟迟不开车门。后来,我们在后备箱发现了一把枪。"张子权的同事回忆道。

从事缉毒工作9年间,张子权先后参与侦办重特大贩毒案件158起,缴获毒品27.7吨。

"每一次出任务,大家会第一个想到他,每一个专案组都想让他加入。"

张子权总说:"我还年轻,就应该多承担一点!"

2020年,新冠肺炎疫情暴发。出差在外的张子权得知单位要组建抗疫禁毒先锋队,第一时间请缨,奔赴抗疫最前线,到输入任务最重、条件最艰苦的防疫卡点。

在一起重大涉疫跨国违法犯罪案件发生后,张子权申请加入专案组。他与战友辗转多地,在30多摄氏度的高温下身着防护服、尿不湿连续奋战17天,最终抓获6名犯罪嫌疑人。

就在此时,张子权倒下了……

2020年12月15日19时,张子权同志经抢救无效、因公牺牲,年仅

36岁的生命画下了句点，比当年他的父亲牺牲时，还年轻9岁。

5

父亲牺牲后，张子权曾说，母亲过得太苦了，以后要好好陪陪她。

但在面对"你父亲都牺牲了，别再干禁毒这一行"的劝说时，他又说："如果怕死，就不当缉毒警察了。"一位缉毒警察许下陪伴的承诺，在心底里却早已做好随时赴死的准备。

26年前，在父亲的葬礼上攥紧了拳头、强忍泪水的哥哥张子兵，26年后，紧紧地抱着弟弟的骨灰盒，一言不发。

在张子权的追悼会上，那位平凡而伟大的母亲在众人的搀扶下，一眼又一眼地望向儿子的照片。她的眼里没有泪水，但无人能想象她心里的疼痛。

一如26年前的那个夜晚，这一次，失去丈夫和父亲的痛，将由张子权的妻子和女儿来承受。

张子权的女儿，只有5岁。扛下所有伤痛的妻子，只能一遍遍地告诉女儿，爸爸出差了。小女孩就一遍遍地给爸爸发微信："爸爸，你什么时候才能回来陪陪我？我想你了。"

6

在中国，几乎每天都有一名缉毒警察牺牲。缉毒警察，是公认的和平年代最危险的警种之一。据统计，中国缉毒警察平均年龄为41岁。这是什么概念？1800年，人类的平均寿命是37岁。

也就说，今天，当一群人选择吸毒、贩毒时，另一群人就已经接受了比普通人少活30多年的结局。

在这个壮烈的群像中，我们不要忘记有这样一个家庭：两代四警，一对父子，相隔26年，倒在同一个岗位上。

无论时间过去多久，只要有人记得他们的牺牲，就有人记得贩毒、吸毒的恶果，中国的禁毒事业就有希望。

（摘自《读者》2021年第21期）

为国铸盾的"核司令"

孙伟帅　熊杏林　邹维荣

逝　者

那个参与制造"东方巨响"的人,如今静悄悄地走了。

这一天,是 2018 年 11 月 17 日,一个阳光明媚的日子。"两弹一星"元勋程开甲在北京去世,享年 100 岁。

54 年前,也是一个阳光明媚的日子,中国第一颗原子弹在罗布泊爆炸。程开甲和他的战友们挺立在茫茫戈壁上,凝望着半空中腾起的蘑菇云,开始欢呼。

在程开甲之前,曾经参与"两弹一星"工程的英雄们,一个接一个地走了。这是一些与国家命运紧密相连的名字:钱学森、朱光亚、任新民、陈芳允……他们留给我们的是一个个不朽的身影，一个个传奇的故事。

很多人的微信朋友圈被程开甲去世的消息刷屏，大家痛惜着送别这位中国"核司令"。很多人或许并不知道，程开甲也曾含泪送别昔日的战友，那场景平淡朴实，可仔细品味却壮怀激烈。

很多人可能不知道，林俊德是程开甲的老部下、老战友。2012年，北京的春花还未落尽，在解放军总医院，74岁的林俊德偶遇94岁的程开甲。

那时，林俊德的生命已进入倒计时——胆管癌晚期。即便如此，林俊德还是用尽全身的力气，亲自到病房探望程开甲。相对无言，唯有心知。看着用尽全身力气站立在自己病床前的林俊德，程开甲的眼睛里满是激动。

这位昔日的老部下颤抖着伸出手，紧紧地抓着程开甲的手。这是两只布满了老年斑的、干瘦的手，也正是这两只手，在那个风云激荡的年代，与许许多多只一样有力的手，制造出那一声"东方巨响"。

当林俊德永远离开的时候，程开甲悲痛不已，用颤抖的手写下挽联："一片赤诚忠心，核试贡献卓越。"

男儿有泪不轻弹，只是未到伤心处。对铁骨铮铮的程开甲来说，亦是如此。

2008年，所有人都沉浸在北京奥运会带来的喜悦之中。一位"两弹一星"元勋静悄悄地离开了，他就是张蕴钰。张蕴钰病危时，程开甲赶到他的病床前，执手相看泪眼。两位老人的沉默，饱含着荡气回肠的力量。

程开甲永远都不会忘记，在那段"吃窝窝头来搞原子弹"的艰苦岁月里，张蕴钰给了自己多么大的支持。

张蕴钰走了。程开甲翻出当年那首张蕴钰送给自己的诗:"核弹试验赖程君,电子层中做乾坤……"

如今,在金黄秋叶落尽之时,程开甲也走了。也许,他在另一个世界,在那遥远的马兰,又与他的老战友们相聚。

铸　盾

1918年8月3日,程开甲出生在江苏吴江盛泽镇一个经营纸张生意的徽商家庭。祖父程敬斋最大的愿望就是家里能出一个读书做官的人,在程开甲还没有出世的时候,他就早早地为程家未来的长孙,取了"开甲"的名字,意为"登科及第"。

后来的成长轨迹证明,程开甲没有辜负祖父的期望。

1937年,程开甲以优异的成绩考取浙江大学物理系的公费生。

1941年,程开甲大学毕业留校任助教。1946年,经李约瑟推荐,程开甲获得英国文化委员会的奖学金,来到爱丁堡大学,成为有着"物理学家中的物理学家"之誉的玻恩教授的学生。

1948年,程开甲获得爱丁堡大学的博士学位,由玻恩推荐,任英国皇家化学工业研究所研究员。

1950年,沐浴着新中国旭日东升的阳光,程开甲谢绝了导师玻恩的挽留,回到阔别已久的祖国。

回国前的一天晚上,玻恩和程开甲长谈了一次。知道他决心已定,导师便叮嘱他:"中国现在条件很艰苦,你要多买些吃的带回去。"他感激导师的关心,但在他的行李箱里,什么吃的也没有,全是他购买的建设新中国急需的固体物理、金属物理方面的书籍和资料。

程开甲先在母校浙江大学任教，担任物理系副教授。1952年院校调整，他从浙江大学调到南京大学。为了适应国家大搞经济建设的需要，程开甲主动把自己的研究重心由理论转向理论与应用相结合。

1960年盛夏的一天，南京大学校长郭影秋突然把程开甲叫到办公室："开甲同志，北京有一项重要工作要借调你，你回家做些准备，明天就去报到。"说完，校长拿出一张写有地址的纸条交给他。

看到满脸严肃的郭校长，程开甲什么也没问，很快就动身到北京，找到那个充满神秘的地方——北京第九研究所。他这才知道，原来是要搞原子弹。

就这样，程开甲加入了中国核武器研制队伍。

中国原子弹研制初期所遇到的困难，现在是无法想象的。根据任务分工，程开甲分管材料状态方程理论研究和爆轰物理研究。那段时间，程开甲的脑袋里装的几乎全是数据。一次排队买饭，他把饭票递给师傅，说："我给你这个数据，你验算一下。"站在后面的邓稼先提醒说："程教授，这儿是饭堂。"吃饭时，他突然想到一个问题，就把筷子倒过来，蘸着碗里的菜汤，在桌子上写着，思考着。

后来，程开甲第一个采取合理的TFD模型估算出原子弹爆炸时弹心的压力和温度，为原子弹的总体力学计算提供了依据。

1962年上半年，经过科学家和技术人员孜孜不倦的探索攻关，我国原子弹的研制闯过无数难关，终于露出了希望的曙光，第一颗原子弹爆炸试验提上了日程。

为了加快进程，钱三强等"二机部"领导决定，兵分两路：原班人马继续原子弹研制；另外组织队伍，进行核试验准备。钱三强提议，由程开甲负责核试验的有关技术问题。

这意味着，组织对他的工作又一次进行了调整。程开甲很清楚自己的优势是理论研究，放弃自己熟悉的领域，前方的路会更艰难。但面对祖国的需要，他毫不犹豫地转入全新的领域：核试验技术。

经过一段时间的探索，程开甲开始组建核武器试验研究所，承担起中国核武器试验技术总负责人的职责。

从1963年第一次进入号称"死亡之海"的罗布泊到回京工作，程开甲在戈壁滩工作、生活了20多年。20多年中，他成功组织指挥了从首次核爆到之后的地面、空中、地下等多方式、多类型的核试验30多次。20多年中，他带领科技人员建立发展了我国的核爆炸理论，系统阐述了大气层核爆炸和地下核爆炸过程的物理现象及其产生、发展的规律，并在历次核试验中不断验证完善，成为我国核试验总体设计、安全论证、测试诊断和效应研究的重要依据。

"说起罗布泊核试验场，人们都会联想到千古荒漠、死亡之海；提起当年艰苦创业的岁月，许多同志都会回忆起'搓板路、住帐篷、喝苦水、战风沙。但对我们科技人员来说，真正折磨人、考验人的却是工作上的难点和技术的难关。"多年后，程开甲院士在一篇文章中这样写道，"我想，我们艰苦奋斗的传统不仅仅是生活上、工作中的喝苦水、战风沙、吃苦耐劳，更重要的是刻苦学习、顽强攻关、勇攀高峰的拼搏精神，是新观点、新思想的提出和实现，是不断开拓创新的进取精神。"

荣　誉

科学家们为共和国的辉煌做出了巨大贡献，党和国家没有忘记他们。1999年，程开甲被党中央、国务院、中央军委授予"两弹一星功勋奖章"。2013年，他获得党中央、国务院颁发的国家最高科学技术奖。2017年，中央军委隆重举行颁授"八一勋章"和授予荣誉称号仪式，程开甲被授予"八一勋章"。

这是党和国家的崇高褒奖，这是给予一名国防科技工作者的最高荣誉。

"写在立功受奖光荣榜上的名字，只是少数人，而我们核试验事业的光荣属于所有参加者。因为我们的每一次成功都是千百万人共同创造的结果，我们的每一个成果都是集体智慧的结晶。"程开甲院士列举着战友们所做的工作，如数家珍。

一件件往事、一项项成果、一个个攻关者的名字，在他的记忆中是那样清晰——从杜布纳联合核子研究所主动请缨回国的吕敏；承担核爆炸自动控制仪器研制任务的研究室主任忻贤杰；从放化分析队伍中走出来的钱绍钧、杨裕生、陈达等院士；调离核试验基地年逾花甲又返回试验场执行任务的孙瑞蕃……当然，还有长期战斗在大漠深处的阳平里气象站的官兵，在核试验场上徒步巡逻几千里的警卫战士，在罗布泊忘我奋斗的工程兵、汽车兵、防化兵、通信兵——如果没有他们每一个人的艰苦奋斗、无私奉献，如果没有全国人民的大力协同和支援，就没有我国核工业今天的成就和辉煌。

走进程开甲的家，你无论如何也不会把这里的主人，与现代物理学大师玻恩的弟子、海森堡的论战对手、中国核试验基地的副司令员，以及中国"两弹一星"元勋联系起来。

这里的陈设，简单、朴素得令人难以置信。离开戈壁滩后的程开甲，一直保持着那个年代的生活方式，过着与书为伴，简单、俭朴的生活。

程开甲一辈子都不承认自己是一个"官员"："我满脑子自始至终只容

得下科研工作和试验任务，其他方面我很难搞明白。有人对我说'你当过官'，我说'我从没认为我当过什么官，我从来就认为我只是一个做研究的人。'"

程开甲一生除了学术任职，还担任过不少职务，但他头脑里从没有"权力"二字，只有"权威"："能者为师"的那种权威。

程开甲一辈子最怀念的战友是张蕴钰将军。程开甲称他为"我的老战友，我真正的好朋友"，"是我们每个人心中的核司令，更是我心中最伟大的核司令"。

作为核试验基地的司令员，张蕴钰全面负责核武器试验；作为核武器试验基地和基地研究所的技术负责人，程开甲全面负责核试验的技术工作。他们在戈壁共同奋斗了十几个春秋，共同完成我国第一颗原子弹以及多种方式的核试验任务。

1996年，程开甲心中的这位"伟大的核司令"写了一首诗，赠给程开甲：

  核弹试验赖程君，电子层中做乾坤。
  轻者上天为青天，重者下沉为黄地。
  中华精神孕盘古，开天辟地代有人。
  技术突破逢艰事，忘餐废寝苦创新。
  戈壁寒暑成大器，众人尊敬我称师。

（摘自《读者》2019年第3期）

我的老彭走了

樊锦诗/口述　顾春芳/撰文

我和老彭是北京大学的同班同学，老彭是我们班的生活委员，同学们给他取了个外号，叫"大臣"。

当时男同学住在36斋，女同学住在27斋，男生女生之间交往比较少。我一直叫他"老彭"，因为他年轻的时候白头发就很多，我心想，这个人怎么年纪轻轻就这么多白头发。他和我们班同学的关系都很好，因为他办事认真，有责任心，给人的印象就是热心诚恳、非常愿意帮助别人。这是我对他的第一印象。

有一次，老彭带我去香山玩儿，爬到"鬼见愁"，我实在口渴得很，老彭就去找水。估计是买不到水，他买了点啤酒回来。我说，我从来不喝酒，他说，喝一点没事儿，啤酒也能解渴。谁知道我喝了一点点儿就晕得不得了，路也走不动了。他问我，为什么不早说。我说，我从来不喝酒，是你说没有关系，我才喝的。他就耐心陪伴我在那儿休息，直到我酒劲儿过去，慢慢缓过来。

大学四年级的暑假，我姐悄悄地告诉我，说家里给我相中了一个人，而这个人我根本没有见过。因为我不愿意，所以我就向父母说明自己已经有意中人了，他出身农村，是我在北大的同学。我之所以要告诉父母，是不想让二老再管我的婚事。

我和老彭之间没有说过我爱你、你爱我，也就是约着去未名湖畔散步。毕业前，我们在未名湖边合影留念。毕业分配后，老彭去了武汉大学，我去了敦煌。那时候我们想，我先去敦煌一段时间也很好，反正过三四年后学校就可以派人来敦煌替我，到时候我还是能去武汉的。在北大分别的时候，我对他说："很快，也就三四年。"老彭说："我等你。"谁也没有想到，这一分竟是19年。

经过各方面的努力，我和老彭真正聚在一起是在1986年。老彭也调入敦煌研究院，最初的一段时间在兰州，后来到了敦煌。

到了敦煌后，老彭放弃了在武汉大学从事的商周考古的教研事业，改行搞了佛教考古。他主持了莫高窟北区石窟两百多个洞窟的清理发掘工作。莫高窟北区石窟考古是研究所成立40多年以来想搞清楚而没有搞清楚的问题。老彭热爱这个工作，一跟人说起北区，就兴奋得停不下来。如果他的价值因为来到敦煌而得不到实现的话，我一辈子都会感到内疚，好在他重新找到了自己的事业。

北区石窟的考古发掘，被认为是开辟了敦煌学研究的新领域。老彭年过半百之后放下自己做得好好的事业，从讲台到田野，一切从零开始。老彭在莫高窟北区考古发掘的收获，对他和我来说，都是一种安慰，命运对我们还是非常眷顾的。

老彭这一生不容易。小时候家境贫困，他是兄嫂带大的；娶妻生子，他和我又两地分居，家也不像个家；自己在武汉大学开创考古专业，为了我而中途放弃；没等享受天伦之乐，他晚年又得了重病。

他第一次得病是 2008 年秋天，在兰州检查确诊为直肠癌。记得当时他给我打电话，我一听声音就知道情况不好。他说："查出来了，我直肠里面有个疙瘩，怎么办？"我就联系兰州的同事陪他继续检查，又往北京、上海打电话，最后在上海找到一位专家。后来，我陪他去上海住院、做手术和治疗。手术很成功，治疗的结果也很好，后来没有复发。

他出院后在上海的孩子家里疗养了一段时间，我天天为他做饭，给他加强营养。他刚出院时，瘦得只有 40 多公斤，慢慢营养跟上了，他的体重到了 60 多公斤。2009 年的春末夏初，我们俩回到敦煌，老彭的身体已基本康复。我跟他说："你现在要休养，以休息为主，以玩为主；想看书就看书，不想看就不看。你愿意怎样，就怎样。"他很理解我的安排。

从 2008 年到最后走的近 10 年时间里，他过得还是很愉快的，有时出去开会，有时出去游玩。老彭很早就喜欢玩微信，那时候我都还不会。他也愿意散步、喂猫，到接待部和年轻人聊聊天。他退休之后，我们俩一起去过法国，他自己还去过印度。

以前我总是想着，等我真正退下来，我们还有时间到各处去走走玩玩，实际上我的闲暇时间很少，无法陪他出去痛痛快快地玩。

我一直觉得对不起他。我忙，他生病后我不让他做饭，早上、中午两顿都是他去食堂打饭，晚上就熬点稀饭，他还承担了洗碗的家务。其实，这一生都是老彭在照顾我，家务活都是他帮我在做。其实，他不太会做饭，但只要他做，我就说好吃。他爱包饺子、爱吃饺子，馅儿做得很不错。他喜欢吃鸡蛋羹，却总是蒸不好，我告诉他要怎么蒸，怎么控制火候。我蒸的鸡蛋羹他就说好吃，他满足的样子像个孩子。

2017年年初，他第二次生病，这次的病来得突然，来势凶猛，发展迅速。

春节没过完，我就送他去上海的医院检查，确诊老彭患的是胰腺癌。面对这突如其来的打击，我几乎绝望，浑身无力，实在难以接受，心里一直在想怎么办？我请求医院设法救救老彭。医生耐心地给我解释："胰腺癌一旦被发现就已经是晚期，在全世界范围内还没有有效的治疗方法，美国的乔布斯也死于这种病。要么开刀，但我们把你当朋友，跟你说实话，他这样的年龄，如果开刀就是雪上加霜。"我把孩子们叫来一起商量，最后定下的治疗方案就是：减少痛苦，延长生命，不搞抢救。老彭不问他得的是什么病，跟大夫相处得还挺好。我没有勇气告诉他得的是什么病，医生也不让我说。医生亲自告诉老彭，说他得的是慢性胰腺炎，这个病不太好治，要慢慢治，希望他不要着急。

在整整6个月的治疗过程里，我几乎天天往来于旅馆和老彭的病房，也经常与医生联系，商量如何治疗。有很长一段时间，我心里还是想不通，他怎么会得这个病？像他这样好的人不应该遭此不幸，为什么老天爷偏偏要让老彭得这个病？

我查了一些资料，所有的资料都显示，胰腺癌是不治之症。有一次，我看到罗瑞卿的女儿罗点点写的文章，她是医生，见过无数病人痛苦地离开这个世界，她说人最佳的一生就是"生得好、活得长、病得晚、死得快"。她不主张无谓的抢救，认为这样非但不能减少临终病人的痛苦，反而会给病人增加痛苦，主张要给临终病人一个体面、有尊严的死亡。

这样，我也慢慢地平静下来，面对现实，告诉自己要多陪陪他，在饮食上多想些办法，尽量给他弄些他爱吃的食物，多给他一些照顾，多给他一些宽慰，减少他的痛苦。

老彭很相信医生，从来不跟我打听病情，其实少知道点也有好处。现在如果有人问我如何看待死亡，我想说，死并不可怕，每个人都会死，但最好是没有痛苦地死去。治疗过程中的前三到四个月，老彭的情况还比较稳定，心态比较乐观，饮食也还不错。他说治好了，要给大家发红包。我问他给不给我发红包，他说给我也发。

他很愿意跟人聊天，有时候和医生也能说上好一会儿，我就叫他少说几句，多歇息。那时候，他还会看看电视、听听歌，我也不太愿意跟他聊痛苦的事。有时候我让他吃一点酸奶，他说不吃，我说就吃一口吧，他又让我先吃，然后他吃了还说："甜蜜蜜。"

医院食堂每周星期三供应一顿饺子。一到日子，他就说："今天星期三，你们早点儿去买饺子。"他一定要让我们陪护的人在病房里吃，他看着我们吃。我说："老彭，你看着我们吃馋不馋，要不你吃一个尝尝味道。"我心里知道，虽然我们努力帮助他减少痛苦，但毕竟这个病很折磨人，要想完全不痛苦不难受基本不可能。

到后来，我挽着他走路时都能感觉他浑身在发抖。他说自己又酸又胀又痛，还跟我说想要安乐死。这件事我无能为力。我知道他一直在和病痛做抗争，我能做的就是请大夫想办法，缓解他的痛苦。

老彭特别坚强，痛到那种程度了，还坚持要自己上卫生间。他一会儿坐起来，一会儿躺下，什么姿势对他来说都很难受，但他从没有叫过一声。一看见医生来查房或看他，他还露出笑容，稍微好一点点就又充满求生的希望。我心里明白，他正在一天一天地离我们远去，直到最后离开。我唯一能做的就是不断想各种办法，好好护理他，不让他受更多的罪。

他刚住院情况比较好的时候，我还偶尔到外地出差，都是速去速回。最后将近一个月，我和两个儿子，外加一个照顾老彭的小伙子，4个人轮流值班。白天我在病房守着他，晚上看他吃好安眠药睡下，我再回去休息。他从来不想麻烦别人，因为夜里难受来回折腾，第二天我还听到他给老大道歉："昨天晚上对不起。"我说："你说这个是多余的话，他是你儿子呀，护理你是应该的。"但是，老彭就是这样一个人。

有一天，我轻轻地摸摸他的额头，他不知道哪里来的力气，抬起身子，把我搂过来吻了一下。他走的那天早上，五六点钟医院就打来电话，说老彭的心率、血压都在下降。我想他可能不行了，就急忙往医院赶。到医院的时候，他已经昏迷了，我就大声叫他："老彭！老彭！老彭！"我一叫，他就流眼泪了。听说人在弥留之际听觉是最后消失的，我想他应该听到了，那是中午12点。

老彭走后的半年，我瘦了10斤。按照他和我的想法，后事办得越简单越好。我向研究院报告了情况，叫院里不要发讣告。老彭是2017年7月29日走的，我们31日就办了告别仪式。我没有发言，两个孩子也不让我发言，他们就代表家属发言。我想把"老彭"带回敦煌宕泉河边。两个儿子说："你带走了我们看不见，所以骨灰暂时存放在上海。"清明、立冬，还有一些节日，他们都会去看看。

一个月后，我又回到敦煌。一切都是老样子，只是我的老彭不在了。

我早上就弄一点儿饼干、鸡蛋、燕麦吃，中午自己去食堂打饭，一个人打一次饭就够吃中午、晚上两顿，晚上有时候也熬点小米粥、煮点挂面，就像他在的时候一样。其实，我一直觉得他还在，他没走。

有一次别人给我打电话，问："你现在跟谁过啊？"我说："就我跟老彭。"对方一下不说话了。每次出门，我都想着要轻点儿关门，老彭身体不好，别影响他休息。我把一张他特别喜欢的照片放大，就放在我旁边。2019年除夕那天，我跟他说："老彭，晚上咱俩一起看春晚。"

（摘自《读者》2020年第19期）

守岛记

杨书源

开山岛，位于我国黄海前哨，归江苏省连云港市灌云县管辖，是一个国防战略岛。开山岛虽为弹丸之地，但因位于灌河口，地形险要，具有重要的战略地位。1939年，日军攻占灌河南岸，就是以此为跳板，其地理位置对于海防、国防十分重要。

到开山岛的第3个白天，我异常焦灼地望向400米开外礁石上孤零零的灯塔——那是海面上唯一可见的目标物。

等船来——这是支撑我一天的所有信念。"如果今天也走不了怎么办？我们3天也守不下去，他们俩32年在孤岛上是怎么过的？"同样在等待的同行者中，有人忽然说了这句话，众人沉默了。

1986年，26岁的连云港灌云县民兵王继才来到开山岛驻守。岛上实在凄苦——多年无水无电，杂草丛生，风蚀峭壁。

王继才成了开山岛民兵哨所所长。而他的部下始终只有一位：体恤丈夫凄苦而与他一起上岛的妻子王仕花。

在最近 10 年间，王继才夫妻的事迹渐为公众所知，全国"时代楷模"等荣誉接踵而来。然而，他们的生活轨迹并没有发生改变，二人继续守岛。直到 2018 年 7 月 27 日，王继才在执勤期间突发疾病，因抢救无效去世，年仅 58 岁。

而我，作为一个和王继才当年上岛时同岁的"90 后"记者，来到岛上体验 3 天 3 夜的守岛生活，只为寻找一个答案：到底是何种信念，能够让人坚守孤岛整整 32 年？

1

困境从 2018 年 8 月 15 日登岛前的 1 小时就已开始。送我们一行五人去岛上的船只，虽已泊在开山岛，但因台风疾雨忽至，众人被困舱中。

在为开山岛送补给的包师傅眼中，这只是开山岛的日常生活。

雨势渐歇，我们沿着石阶往上爬，一抬头，门开了，门内是笑盈盈的张佃成。60 岁出头的张佃成是王继才夫妇的亲家，以前也当过民兵。自从十几年前夫妻俩因一次紧急外出请他代为守岛，他就成了第三位巡岛人。

屋内摆设陈旧，木桌椅破旧掉漆，看着与空调、电视不大协调。张佃成告诉我，岛上的电是这两年才通的，网络是王继才去世后才有的。至于难得一见的空调，由于功率过大，是 2017 年才用上的。

因为岛上是靠太阳能发电的，能不能供上电，得看天。遇上台风天，停电就成了再自然不过的事。

水，更是稀缺的必需品。岛上不通自来水，也没有海水淡化设施。王继才自上岛，就开始在一口枯井里蓄雨水，用于生活所需。至今，这口井仍是生活用水的来源。饮用水则依靠岸上的矿泉水补给，一旦天气变化就会断供。

在岛上，一日三餐几乎都靠白水煮面和酱油拌饭维持。

上岛第一顿饭，尽管简单，张佃成还是一个劲让我们多吃点。他笑着说："吃饱了就不想家了。"

2

"升国旗了！"次日清早，我被张佃成在走廊里响亮的喊声叫醒。我精神一振，赶紧跑去山顶的天台看升旗。

这个仪式在过去的32年里，大多数时候的见证者只有王继才和王仕花。这对夫妻的每一天都从升旗开始，然后巡岛，巡岛后再写巡岛日志。

1986年，王仕花犹豫了一个多月后，决定把女儿托给婆婆，也要上岛。王继才嘱托妻子带一面国旗来，他说："小岛虽小，有了国旗便有颜色。"

8月16日13时许，张佃成见风雨太大，就把国旗拿了回来。"不能让国旗被风吹坏了。"在张佃成第一次来守岛时，王继才就嘱咐过他。

虽然岛上现在有了民兵巡岛，但张佃成依旧按照自己的方式坚持一天至少巡岛两遍。他说："不走几遍，心里空落落的。"

我跟着张佃成巡岛。台风天的风在营房转角处尤其大，人走到那里前俯后仰，难以站立。"岛其实很小，10分钟就可以慢慢绕一圈，但如果把每一个角落、每一样设备都细细看到位，那就需要一个多小时。"张佃成平淡地说。

跟随巡岛后的第二天，我手脚酸软，像灌了铅。这样的巡岛路，王继才夫妇每天都要走4遍。

3

究竟为何守岛32年？是为了钱？王继才从未向组织开口提过困难。王仕花当年决定登岛时是小学老师，有望转成正式编制。守岛之后，就算是近两年新增了些补助，两个人全年的收入加起来不到4万元。

那是为了名？王继才夫妇屡被表彰，但王继才生前把所有的荣誉证书、奖杯都放进了箱子里。

一个人离开了，在他生活过、热爱过的地方总有痕迹。

宿舍门楣上，有着海风侵蚀下字迹依稀可见的春联，写着"不忘初心""牢记使命"等，都是王继才写的；升旗的旗杆旁，有处地面是修补过的，王继才在这里留下了修补日期"2016.5"。

在一棵大树上，我看到两行字："北京奥运会召开了，热烈庆祝北京奥运会。"

后来我才从王仕花口中得知，这是她留下的字迹。2008年8月，北京奥运会开幕式播出时，夫妇俩没电视看，就围坐在收音机前，听着那一片人声鼎沸。

收音机，是曾经近30年间，守岛夫妻联通外界的唯一方式。

4

王继才不是没动过出岛的心思。

王仕花说起一件事：守岛七八年后，儿子要上小学了，她建议王继才抓住这个机会出岛。王继才鼓足勇气找了最早推荐他来守岛的县武装部的王政委。但当时王政委已罹患癌症，在病榻前这位老政委给王继才鼓劲，称赞他守岛守得很好。那一瞬间，王继才转变心意，他向政委打包票："您放心，再苦，我也把岛守好。"

从此以后，王继才真的再也没有动过出岛的心思。他无怨无悔地坚守着，奉献着。

由于夫妻俩常年在岛上，大女儿小学毕业后就辍学在家照顾弟弟妹妹。有一次镇上家中失火，大女儿托船家捎了一张字条到岛上，上面写道："你们心里只有岛，差点见不到我们了。"心急如焚的王仕花赶回家后，母子几人在墙壁被熏黑的家中抱头痛哭。

不过，自从女儿一年暑假到岛上看到父亲就着咸萝卜喝酒，就再也没有抱怨过。

孤独，怎么可能不孤独？王继才是在岛上学会抽烟的。王仕花说，有时王继才的烟抽完了，烟瘾又犯了，只好拿树叶卷纸头来抽。

这几年，王继才喝酒也越来越猛。"他一天要抽3包烟，酒也不离口，没有饭菜吃倒是不怎么打紧。"张佃成觉得，王继才这个急脾气，把自己的不耐烦都消磨在了香烟和酒精里。

夫妻俩的巡岛日志写得很有耐心，无人要求，全凭自愿，每半年写满一本。不识字的张佃成也被要求做记录——王继才让他每天巡岛后在空白页上端端正正地签名，这是他仅会的几个字。新来的3名民兵商量着要把这个好传统延续下去，他们拿起一本日志细读，其中出现最多的一句是："晚上4盏航标灯正常。"

32年的守岛生涯，让夫妻俩的心境与大部分人不同。"我们一出岛，看到外面的人潮会心慌，反倒是进岛成了很自然的事。"王仕花说，2009年夫妻俩第一次受邀去南京录制电视节目，到了主办方安排的宾馆，却因不会乘电梯而走了好几层楼梯；王继才想去买包烟，却不知道该走过街天桥，只能望着车流，神色慌张……

夫妻俩守岛时也曾遭遇危险。比如一次发现偷渡团伙，这一团伙还试图以2万元封口费阻止王继才揭发，但王继才毫不买账。在岛上的日子，他曾向当地公安部门报告9起走私案，其中6起被破获。而更多的时间里，他们就像从岛上岩石里长出的草，慢慢从青绿色变成了锈红色。

5

王继才走后10多天，王仕花就向组织递交了继续守岛的申请。

她在丈夫离世后，显得异常坚强。除了应邀宣讲守岛事迹，她空闲时就在镇上的家中做家务。她说，有时做梦，会梦见王继才那只蜷曲的手臂——王继才生前在修码头时扛散沙，不小心弄伤了肩膀，一直没好好治疗，直到去世手也伸不直。

从岛上出来，不管是3天还是32年，都有"后遗症"。于我而言，那几日里我测量时间的方式由原来的看钟表变成了观天色。每天清晨5点便被呼啸的海风唤醒的我，上岸一周后也未能适应城市的作息。

于守岛32年的王仕花而言，开山岛几乎烙进了骨髓深处。比如，岛上缺水的生活让她养成了极度省水的习惯。我在王仕花镇上的家里，见她在饭后收拾碗筷时先拿一块抹布擦了桌子，又擦水槽，之后又用它擦了手，始终没有将抹布放到水龙头前再冲洗一遍。

不过，3 天 3 夜，直至离开的那一刻，我依旧无法喜欢上王继才夫妇坚守 32 年的开山岛。临走那一刻，简直像一场逃离。

8 月 16 日下午，本是我们一行计划的离岛时间。但受到台风天气影响，当日船无法上岛，我们的归期变成了未知数。众人归心似箭，彼此间话也少了。3 位民兵已经上岛 10 天。在离岛的最后一天，他们和我一样有些不安，时不时来敲门问何时会有船过来。

岛上的艰苦，不管是初来者还是坚守者，谁又能感受不到？

我离岛的那天是 8 月 18 日，包师傅同样经历了一次有些危险的航行来接我们。浪打到船舱里，若不扶住船上的固定物，人实在无法站立。

好在，船来的时候，也带来了开山岛新的民兵、新的物资、新的生活格局：一个冰柜、一组垃圾箱、一些耐贮藏的新鲜蔬菜……

我离岛的时候，恰逢张佃成刚走完中午的巡岛路，正在水泥地上铺着的一块草席上小憩。"我们下去了，新的守岛民兵也上来了，您还留着吗？"我的头发被猛烈的海风用力吹打在脸颊上。张佃成回答："老王走了，守岛这件事，一任接一任，我等王仕花来替我。"

2018 年 8 月，江苏省政府根据《烈士褒扬条例》第八条第一款第一项规定，评定王继才为烈士。或许，在王继才生前看来，他只是默默坚守着平凡的岗位。然而，在更多人看来，他在平凡岗位上书写了不平凡的人生华章。

王仕花说，等她腿疾好了，就回开山岛。"我想再多带带这些民兵，让他们和老王有同样的使命感，让他们也感受到小岛虽小，但很重要。"

这几天，王仕花梦中的王继才仍在守岛。他像平时一样对妻子说：

"走,我们去浇水除草……""走,我们去升旗……"而岛上的场景也如往常一般,海风猎猎、海浪滔滔、国旗飘飘。

(摘自《读者》2019年第1期)

被石油点燃的激情岁月

肖 瑶

曾有一个时代,一面沉浸在思想革命的沐浴与洗礼中,一面在科学技术的激流里开拓勇进。

曾有那么一拨人,在孤独的黑夜中坚定求索,在民族苦难的阴霾下负重前行。

科技兴国是一条不流血的革命之路,没有硝烟弥漫,也不大适合被搬上银幕。在拨云见日那天到来之前,这条路上充斥着黑暗与孤独,质疑和阻挠。筚路蓝缕,李四光一步步地走,每一步都精确到"0.85米",将它留在肌肉记忆里。他对学生说,搞地质研究要到野外考察,脚步就是测量土地、计算岩石的尺子,因此,"每一步的长度都要相等"。

蔚为国用

1894年8月，硝烟弥漫黄海海域。有着"亚洲第一"之称的北洋水师几乎全军覆没，溃败在耻辱之海。《马关条约》进一步昭告了国运的殇失，整个东亚格局与秩序被重塑。

经此一役，中国各个领域具有革故鼎新思想的人，开始痛定思痛：海战决定国力胜负，海权就是主导权。然而，彼时朝廷腐败，清军"专守防御""避战保船"，海权意识薄弱，海军的力量从根本上是站不起来的，是"纸糊的破屋"，一次次泡在注满血与汗的海水里。

但"造船"的理想，已经在一个年仅5岁的湖北少年心里悄然生根。

1904年5月，入武昌高等小学学堂还未满两年，14岁的李四光便凭借第一名的成绩被保送到日本公费留学，学习造船机械。

身在中国的仁人志士投身反帝爱国运动，远在东洋的革命志士，在思考如何利用西方先进技术强兵富国。

在这样的氛围下，李四光相继结识了宋教仁、马君武等一批倡导民主革命的思想家，父亲言传身教的救国使命感，也无数次回荡在他心头。

1905年，李四光参与了中国同盟会筹备会，认识了孙中山先生，孙先生亲口勉励他："努力向学，蔚为国用。"这8个字，后来也成为李四光求学与创新征程上的核心信念。

在某种程度上，对科学的热情与对革命的激情是相斥的，一个需要太平宁静的环境，一个需要热血与冲动。但在年仅16岁的李四光身上，它们不仅共存，且相辅相成，甚至互为因果。

不过，在当时那个少年心中，救国道路还未能与科学紧密联系，他的理想更接近"军事救国"。1911年冬天，李四光回国后不到一年，辛亥革命爆发了，李四光毅然参加了革命，随后，湖北军政府将年仅22岁的他推举为实业部部长。

然而，袁世凯很快上台篡夺了革命果实。李四光眼见实业兴国的蓝图一时间化为泡影，便以"鄂中财政奇绌，办事棘手"为由辞了职。

1913年，孙中山在二次革命失败后去了日本，李四光愈发感到"力量不够，造反不成，一肚子秽气，计算年龄还不太大，不如读书十年"。他看见"科学报国"的时机尚不成熟，真正的革命，或不在一兵一卒。正所谓"邦有道，则仕；邦无道，则可卷而怀之"。

同年夏天，李四光第二次离开祖国，前往英国伯明翰大学求学。随着第一次世界大战的爆发，不少留学生在战火与硝烟的夹缝中生存，李四光在学业方面的志向，也开始悄然发生转变。

当年从日本回来时，李四光看到，中国连一座像样的铁矿都没有，而没有铁，就炼不出钢，就造不出坚船利炮。因此，他决心学习采矿专业。

一年后，他又发现，中国的采矿业缺乏地质学的指导，就像打仗没有兵法，即便地下有矿，也不知往哪里挖。

"光会采矿是不行的。中国虽然地大物博，但是科学落后。如果我们自己不能找矿，将来也不过是给洋人当矿工。"

1919年，李四光获得了地质学硕士学位，导师包尔顿教授劝他在英国继续深造，获得博士学位后再回国。但时逢五四运动爆发，祖国的革命热潮深深吸引着李四光。

同年秋末，他放弃了高薪邀请，途经欧洲，辗转回国，接受了蔡元培的聘请，到北京大学当教授。

我对大地构造有些不同看法

　　早些年在北京大学的日子里，为了弄清楚中国煤矿资源的分布情况，除教学外，李四光数年如一日地持续研究一种蜓科化石。地质学的重大突破，也是从这里开始的。

　　"蜓科"是李四光自己命名的，这种最初出现于中石炭纪的微体古生物，历来是划分地质年代的一种重要化石。

　　20世纪20年代至30年代，李四光几乎走遍我国山川河海，通过对大同盆地、太行山麓及庐山等地的长期考察，最终确认中国存在第四纪冰川。

　　1926年，李四光在中国地质学会上第一次对石油地质史的铁律质疑：找油的关键不在于是海相地层还是陆相地层，而在于有没有生油和储油的条件。

　　"我国有大面积的沉降带，这就有良好的土壤条件，一定能找到石油。"

　　但以美国地质学家维理士为代表的一些学者，对中国人研究地质理论问题，摆出一副极其轻视和鄙薄的样子，认为李四光"态度十分傲慢"。自奥地利地质学家苏士之后，西方地质学界对于东亚构造的认识，要么是这块大陆发育不良，要么是语焉不详。

　　李四光却愈加坚定，"从一开始，在地壳运动和地质力学的研究方面，我就不愿意跟着外国人走"。

　　北伐战争开始后，北京大学的教学一度中断。1928年1月，南京政府成立地质研究所，李四光担任所长，同时兼任北京大学地质系教授。

　　然而，由于战乱，地质研究所不仅物资不到位，还不得不多次搬迁。

李四光等人常常扛着"地质研究所"的牌子在大马路上跑来跑去,直到1932年位于南京鸡鸣寺路的办公楼建成,地质研究所才最终安定下来。

1929年5月4日,一个笔名为"醉梦人"的读者向上海《生活》周刊投稿,提出"吾国何时可稻产自丰、谷产自足,不忧饥馑?吾国何时可自产水笔、灯罩、自行车、人工车等物什,供国人生存之需?吾国何时可产巨量之钢铁、枪炮、舰船,供给吾国之边防军?吾国何时可行义务之初级教育、兴十万之中级学堂、育百万之高级学子?"等十问。文末,作者自问自答:"私以为,能实现十之五六者,则国家幸甚,国人幸甚!"

1944年8月,桂林沦陷,李四光逃往重庆避难。蒋介石正在重庆,一直很欣赏李四光,遂邀请他加入国民党,并担任中央大学的校长。但李四光一口回绝:自己是搞科学研究的,不会当校长。

拒绝了蒋介石,李四光却主动到最得意的学生朱森执教的重庆大学讲课,并开设了中国第一个石油专业。

辗转归国,行路难

1949年9月,新中国成立前夕,英国伦敦,一个深夜,李四光将一些文章手稿、几本地质书、护照、几件换洗衣服及5英镑的旅行支票郑重地塞进一个小公文箱,然后嘱咐夫人许淑彬把原来买的船票退掉,先搬到剑桥和女儿一起住,等待他的消息。

普利茅斯港是一个货运港,从那里乘船去法国,不容易引起注意。彼时,战火刚息,开往远东的船非常稀少,一旦错过,至少等半年才能有机会回国。

早在 1948 年 2 月初，李四光代表中国地质学会到英国参加第 18 届国际地质大会，会后便留在英国做地质考察工作。

1949 年 5 月，时任世界保卫和平大会中国代表团团长的郭沫若写了一封信给李四光，请他早日归国，并为他留出了第一届政协委员里的自然科学工作者代表位置。然而，还没来得及打点安排，身处伦敦的作家凌淑华就告诉李四光，国民党政府外交部密令驻英大使郑天锡立即找到李四光，且要求李四光发表公开声明，拒绝新中国提供的职位，否则便将他扣留送往台湾。

李四光当即给郑天锡写了一封信，表达自己拒绝发表声明的立场，随即与夫人许淑彬商量，然后只身秘密乘火车，绕道前往法国。

李四光走后第二天，国民党驻英大使馆果然派人来找他，还带来 5000 美金。许淑彬代表李四光拒绝了。

10 月，李四光到达瑞士边境城市巴塞尔城后，秘密通知夫人前往会合。夫妻俩在法国相见后，共同回国。

40 年前的秋天，也是从英国回国，路过巴黎时，他在随身携带的一张五线谱稿纸上写了几句小提琴乐谱，共 5 行 19 小节。他将自己的英文名（J.S.Lee）写在上面，还在页眉工整地写下 3 个字："行路难。"

这份乐稿一直保存在好友萧友梅那里，直到李四光去世 20 年后，上海音乐学院中国近现代音乐史学科的陈聆群在萧友梅的遗物中找到它。后人大多没想到，大名鼎鼎的乐曲《行路难》，竟出自地质学家李四光之手。袁隆平先生也曾深情演奏它："欲渡黄河冰塞川，将登太行雪满山。"这几句词恰与李四光本人在革命动荡时期远渡重洋求学的境遇相吻合。

第二次回国后的李四光见到的新中国，至少有两处"新"：欣欣向荣与百废待兴。

"二战"后,世界政治格局发生颠覆性变化,许多殖民地国家纷纷独立,原本主导全球石油产出的中东地区逐步对外国石油公司采取行动。苏伊士运河的运输要道被沉船切断了,国际石油贸易局势更加紧张。

抗日战争爆发不到一年,我国境内沿海各港口就相继被日军占领。石油进口通道几近断绝,抗战大后方一度发生严重的油荒。没有石油,军事机器就很难运转。

国际国内的现实与教训,都时刻提醒着新中国领导人石油的重要性。

实际上,我国是世界上认识石油最早的国家。早在3000年前,《易经》中就记载了"泽中有火"。宋代的沈括在《梦溪笔谈》中正式提出"石油"一词,"生于地中无穷",且预言"此物后必大行于世"。

虽然很早就了解了石油的属性,但受制于社会文化观念与技术水平,直到近代,对石油的开发利用基本仍无从谈起,以致外国地质学家一致认为,中国是一个"贫油国"。

根据长期以来占据石油界的主流理论"海相生油"论,西方相关领域专家坚定地认为:中国土地大都属于陆相地层,不可能有良好的石油资源。

这时,李四光则从自己多年来的实地调查中做出一个大胆推测:东北松辽平原和华北平原的地质结构跟亚细亚平原的相似,都是沉降带地质结构。亚细亚平原蕴藏着大量的石油,松辽平原和华北平原也应该蕴藏着大量的石油。

要自强,先破茧

1955年1月,寒冬中的东北松辽平原,一支考察队正在进行地质勘探。他们穿越沼泽纵横的黑土，白天测量数据，晚上核对地图与资料，像在荒野中疾走的猎人。

这支队伍的带领者，就是已66岁的李四光。那时，我国已经开始实施第一个"五年规划"，但"工业血液"——石油依然十分短缺。一年前，李四光在《从大地构造看我国石油勘探远景》报告里指出，柴达木盆地、四川盆地、华北平原、东北平原等地是最有可能含油的地区。

可惜，东北地广人稀，自然条件复杂，3年过去，漫长的勘探还是没有取得实质性进展。

通宵达旦的研究与不舍昼夜的勘察，让李四光患上了肾病，中央决定暂时让他到杭州疗养。

就在李四光动身的前一晚，中央忽然接到石油勘探前线报告。一些勘探队的同志准备把普查队伍拉到外省，与此同时，另一些队员依然坚信李四光的推断，坚守东北平原。

李四光当即推掉了去杭州的计划，回到他的勘探队。这支队伍的长期驻扎，带动了越来越多地方干部、青年的加入，广阔的东北大地上形成了我国第一支石油探测尖兵。终于，1959年国庆前夕，石油部和地质部偶然在一口名叫"松基三井"的井口发现了棕褐色油龙，第一股"工业血液"直冲蓝天，挺起了共和国的油脉脊梁。

在那段被石油点燃的激情岁月里，李四光接连收到松辽平原勘察队传来的捷报……

李四光从理论上彻底击碎了"中国贫油论"，并且运用自己的理论预测，精准判断了中国的石油分布，这是一次历史性的预见和突破。

1971年4月29日，李四光与世长辞，人们在他床头发现了一张纸条："在我们这样一个伟大的社会主义国家里，我们中国人民有志气、有力量克服一切科学技术上的困难,去打开这个无比庞大的热库,让它为人民所利用。"

从科学救国到科学兴国,这条路是走不完的。直到后来新中国发现第一块铀矿石、开采铀矿,再到第一颗原子弹爆炸成功,中国的能源自信从无到有,5年时间,颠覆了过去5000年的贫瘠与匮乏。

数年后,当中东地区战火频繁的时候,当能源危机的言论屡屡被提起的时候,李四光那句慨叹仍然声声在耳:"作了茧的蚕,是不会看到茧壳以外的世界的。"

(摘自《读者》2021年第17期)

"布衣教授"何家庆

北方女王

何家庆，总是身穿一件破旧的蓝色涤卡中山装，他是一个有故事的老人。

1972年深冬的安庆，大雪弥漫。

何家庆的父亲推着一车煤在晚上送货，路像结绳记事的麻索，艰难地蜿蜒在山谷之间。天黑路滑，人与车都摔了出去，他的手指被车重重地压到，血流不止，当场断裂。

强忍着剧痛，他还是坚持单手推着板车送完了货，拿着刚刚赚到的钱，去扯了一块深蓝色的布，给儿子做了一件中山装。

何家庆穿着父亲送的那件衣服，凭着一副血肉之躯，独自走进大别山，流浪3万多公里，无数次死里逃生，只为切身实地地帮助千千万万的农民，靠种植魔芋改变贫苦命运。

那是理想主义者的困厄与悲壮。

1

何家庆皮肤黝黑，瘦弱不已，头发总是乱糟糟的，看起来不修边幅，像个"怪人"。其实那是无数个日夜被风霜与黑暗锤打后的模样。

那个瘦小的身影从远处看去，渺小而悲壮，让人心生不忍。

因幼时贫寒，他对贫苦的农民有着深沉的挂念。

1949年出生的何家庆，来自安徽省安庆市一个贫苦家庭，一家八口靠父亲拉板车送货维持生计，收入微薄，他太懂挨饿是什么滋味了。

饥饿使他恐惧，饥饿与贫穷，侵蚀着少年何家庆，同时也磨炼了他坚强的意志。最为幸运的是他有一位好父亲，不管家里多么拮据，父亲都不曾放弃让他读书。

何家庆幸运地结识了一群友爱、朴实的乡民与同学，他有一份老账单，上面密密麻麻地写满字，记的都是他少年时期接受过的各种馈赠，他可谓吃百家饭长大的。

何家庆将这些善意全部记在心中，继续认真刻苦地读书，"有足乐者，不知口体之奉不若人也"。

1976年，何家庆从安徽大学毕业并留校任教，跟着导师研究中草药，从事植物分类学和药用植物学的研究与教学工作。当时，他每个月的工资是18.65元，刚够养活一家人。在别人忙着写论文、评职称，想着怎么赚更多的钱改善生活时，何家庆却决心前往大别山考察，帮助农民摆脱贫困。

出身贫寒的何家庆，非常清楚饿肚子是什么感觉，那种深刻的感受让他决心要为老百姓做些实事,让老百姓吃饱饭。

那几年,何家庆为考察大别山一点点准备着,最重要的莫过于攒钱,要攒够上万元的考察资金,对每个月收入只有十几元的他来说,是遥远而渺茫的。

何家庆省吃俭用,即便在结婚这件人生大事上,他也只是与妻子简单吃顿饭,就算完成了结婚仪式。7年下来,他好不容易才攒了3000多元。

80多岁的父亲没有反对儿子的这个想法,反而十分支持,不辞辛劳送来4000元,那是老人家一辈子的积蓄,全是皱皱巴巴的1元、1角的零钱。

看着白发苍苍的老父亲与那一袋子发皱的钱,何家庆泪流满面。

2

1984年3月20日,何家庆终于踏上考察大别山的路,带着一个本子、一支笔、一台照相机和一笔攒下的钱,他不知道自己即将面临狂风暴雨。

这一走,就是225天。他的足迹踏遍大别山所跨的鄂豫皖3省19个县,徒步12684公里。

大别山处处险恶,连当地人都不敢前去探索。何家庆遭受了从未经历过的磨难,悬崖、洪水……黑夜里,野狼对他虎视眈眈,山蚂蟥让他的腿溃烂流脓。

他虽赤手空拳,却从未想过放弃。有一次,他攀登陡峭的大别山主峰,不小心脚滑了一下,顿时跪在悬崖边上,膝盖血肉模糊,他两手紧紧抠住石缝。在生死时刻,一位路过的猎人将他救了下来,他万分感激。

他无数次死里逃生,都是为了将考察资料带回去进行科学研究。

他成为最熟悉大别山这片土地的人，采集了3117种、近万份植物标本，用生命为国家后来实施的"星火计划"提供了第一手资料。

从大别山回来后的何家庆，像变了一个人，那是风餐露宿、遭受大自然苦难后的样子。他越发面黄肌瘦，他的那副大眼镜，框架得用竹签支撑着，才能继续使用。

回到大学校园后，何家庆开始带着学生对上千种植物进行研究筛选，一刻也不敢停歇。

功夫不负有心人，何家庆终于发现了魔芋。他说："魔芋适合在山区阴凉潮湿的土壤里生长，栽种技术含量低，山区农民学得快、用得上，并且产量高，一亩地产量高的可以达到八九吨，收入够供一名大学生上学，种植魔芋有利于帮助贫困地区的人们尽快脱贫。"

为了打消农民们的顾虑，何家庆二话不说，自己掏钱进行试验，从湖北引进种子，无数个日日夜夜，田地成为他每天必去的地方。

最后500亩魔芋全部丰收，收益超过400万元。何家庆喜极而泣，他马不停蹄地撰写了18万字的《魔芋栽培技术》一书，该书成为国内第一部系统研究魔芋种植的书，他也因此被誉为"魔芋大王"。他迫不及待地将这些科技知识传播给贫困山区的芋农。他的心，总是与老百姓连在一起。

1990年，何家庆到安徽省绩溪县担任科技副县长。挂职850天，他有700天是在这座县城的贫苦的村子里度过的，他不坐车，坚持步行，与村民们一起下地，一起吃住。

在绩溪遭遇洪灾那年，何家庆整整一个月都泡在水里指挥救灾，中途晕倒过几次，还染上了血吸虫病。他说："改善贫困山区人民的生活，我有一份责任，虽没有力挽巨浪之臂，却有一颗火热的心。"

挂职结束，与乡亲们分别那天，乡亲们送来一面锦旗，上面写着"焦裕禄式的县长"。

3

十几年前的大别山之行，给何家庆的身体带来不可修复的伤害，但他必须在身体尚可时，再次调研。

1998年2月10日的清晨，在大学待了几年的何家庆，又要开始苦行僧式的生活。他留下一封信，揣着攒了10年的27720元，以及学校的介绍信、一张刊登着国家"八七"扶贫计划贫穷县名单的《光明日报》。

那封信里这样写道："何禾吾儿，当你读到这封信时，我已经离开家，带着满身的病痛离开了你和妈妈。此行，我思索良久，准备了10余年。中国西部的贫困情况比东部、大别山地区更糟糕，我知道此行意味着什么，倘若发生不幸，这封信就算是我对你最后的交代。"

49岁的何家庆背起行囊，悄悄告别妻女，孤身一人开始西行。他不知道，自己这次需要多久才能归来。

何家庆独自流浪了3万多公里，曾被毒蛇咬伤，大腿溃烂浮肿，他用刀片划开自己被咬伤的出血口，吮吸毒液，拖着万分疼痛的伤腿，继续赶路。

荒郊野岭，他饿得快要死去，只能向老伯讨几口猪食维持生命，睡在猪圈。躺在黑暗中，他看得见茅草缝隙中的星星，听着远处竹林里凄凉的叫声，他感觉那是某种生命在安慰他，不禁泪流满面。

走投无路时，他放下知识分子的尊严，行乞两个月，才没饿死在路上。他甚至曾到一家面食店门口乞讨食物："行行好，把桌上那碗吃剩的面汤给我喝吧。"

在云南大理，人们见他衣衫褴褛，头发、胡须又乱又长，将他当作流浪汉，送进收容所。

当然，途中也遇到过好心人。有村民见他生病，将他背回自己家中进行照料，为了让他快点儿好起来，宰杀饲养多年的老母鸡为他补身体。

在重庆酉阳县青华乡，何家庆给村民们上课，通常是从白天上到晚上。村民们爱戴他，他病好之后，大家自制了担架，不顾他的强烈反对，硬是将他抬着、背着送出了大山。

整整305天，31600公里，他从未停止前行的脚步。

为此，何家庆多次险些丧命，堪称九死一生，为了活下去，他靠乞讨为生，只为传授山民魔芋栽培技术。

4

1999年12月28日，50岁的何家庆带着满身的伤痛与充实的成果回到合肥。归来后的他，愈加消瘦，体重只有40千克，有了许多白发，眼窝深陷，而那双眼睛清澈干净，温和地看着这个世界。

女儿何禾那天远远见到一个又黑又瘦的身影站在家门口，肩上背着一袋东西，她走近一看，原来是自己的父亲何家庆。

他终于回来了。

何家庆做什么事情都带着一股韧劲儿，虽然经历了九死一生，何家庆仍然不后悔："我是人民教师，当为人民服务。"

各大媒体记者开始对何家庆西行的事迹进行报道，原本默默无闻的他，就这样成为被大众知晓的"名人"。

他的生活没有发生任何变化,他依然每天粗茶淡饭、清心寡欲。在安徽大学的校园里,大家看到的还是那个"布衣教授"——穿着洗到发白的中山装,带着自己的饭盒在食堂打饭,一顿午饭很少超过3块钱,一日三餐总是离不开馒头和稀饭……

与他形影不离的除了那件破旧的中山服,还有一个褪色的破布袋,里面装着他授课需要的标本与书。

对自己从不舍得花钱的何家庆,却自费4万元申请了8项专利,又自费7万元出版了图书《中国外来植物》。为此,他跑遍国内外多座城市,拍下3000多种外来植物的图片。

国家奖励他10万元奖金改善生活,他却将这些钱全部捐给了贫困山区的女童,资助她们读书。

其实何家庆很需要这10万元钱,一贫如洗的他与家人挤在一间面积只有35平方米的小屋子里,而大半间屋子装的还是植物标本与书。

几年后,学校给他分了房子,搬家时突逢大雨,植物标本被雨水淋湿,何家庆为此难过了很久。

何家庆的精神是丰富的,他的人生除了草木,便是百姓。

5

何家庆很孤独,内心却是充实、丰富的。他说:"我既不是凯旋的将军,也不是披挂上阵的战士,而是一头疲惫不堪的役牛,亟待这冬闲静养生息,为下一个春季的劳作做准备。"

何家庆始终关心农民,并且相信在种植了新植物资源后,贫穷闭塞不再是无法摆脱的宿命。

在大家的印象中,这个身材瘦小的老头儿像有着用不完的劲儿,却不料他倒在了扶贫调研的途中,随后被确诊为癌症晚期。

在生命最后的日子里,何家庆越发消瘦,他忍受着疾病给他带来的痛苦,依然坚持将自己这些年的调研成果记录下来并传递出去。

去世前一天,他戴上眼镜,打开电脑,坐在病床上写文章。那天晚上,他还一直记挂着栝楼(编者注:一种中药材)的事情:"不知道今年栝楼收成怎么样,村民们能不能卖出一个好价钱。"

在生命的尽头,他挂念的还是老百姓。

贫穷与孤独终生与他为伴,这何尝不是另一种意义上的理想主义。

2019年10月19日,70岁的何家庆去世,合肥下了大雨。

临终时,何家庆穿着父亲当年送他的那件蓝色涤卡中山装,衣服上布满了斑驳的补丁,它们是苦难与信念的寄托。

临终前,何家庆只有一个心愿,就是将自己的眼角膜捐献给贫困山区的儿童,他用尽最后一点力气在捐献单上签下自己的名字。

医生将何家庆的眼角膜取出后,感慨道:"从未见过哪位70岁高龄的老人,能有这样清澈的眼角膜。"

那双明亮的眼睛,永远不会蒙上浮尘。

何家庆在离世前,写下一首诗,名叫《我走了》:

我走了

我还活着

朽而沃若

似一粒种子破胸

比一滴水珠畅想

泥土里聚集力量

空气中尚存清氧

谁怂恿我努力而为

谁把控我生命续延

我走了

无须作祭奠

无须泪挂腮两旁

无须那一纸挂墙告悼文

请忘掉我吧

泥巴或白雪

一切都回归土地

我从这土地生长

几天后，在安徽潜山梅城镇河湾村，100多亩栝楼熟透，进入采摘期，这是当地村民在何家庆的指导下，种植的早熟品种。

放眼望去，金黄色的栝楼堆放在一起，盖满整个村庄，也盖满命运的故土。

何家庆，已化为泥土，与这片熟悉的土地融在一起。

（摘自《读者》2022年第9期）

等待"飞天"的日子

陈诗笺 高达

这是一个关于等待的故事,并且等待仍遥遥无期。随着新一代航天员的入场,现年53岁的邓清明能够"飞天"的希望已经越来越渺茫。但他始终坚信,付出必有回报。

最近的一次

邓清明在充满轰鸣声的飞船里醒了。他的耳塞掉了,噪声涌进耳朵,四周一片亮堂堂。那一瞬间他有些茫然,记不清楚这已经是他进来的第几天。

这是一个仅有20平方米的空间,里面有两个人,邓清明和陈冬,他们要在里面待33天,吃喝拉撒睡和工作,都在这里。几个月前就做好的食物，加热了就是一顿饭。擦一擦身体就算洗了澡。明晃晃的灯一直开着，机器一直在响，厕所的臭味一阵一阵地飘过来。

空间逼仄带来的压抑是不断累积起来的，许多宇航员在这个过程中患上了"狭小空间游离症"。为了转移注意力，邓清明和陈冬在里面说起了故事。

33天后，他们出舱了。这不是"飞天"，只是在位于北京航天城的模拟舱进行最终"飞天"的模拟实验。出舱那天，是2016年6月11日，叶子绿了，夏天来了。邓清明想好好洗个澡，然后吃一块西瓜。

4个月后的10月16日，陈冬成为神舟十一号"飞天"的最终人选，而比他大12岁的邓清明以零点几分之差成为"备份"，这已经是第三次了。

他依然记得三年前，执行神舟十号任务时，女儿邓满琪正在酒泉卫星发射中心代职，他则作为任务"备份"乘组成员入住问天阁。由于航天员乘组要在飞行前进行医学隔离，父女二人约定，每天晚饭后，隔着问天阁的围栏见一面。

父亲在围栏里，女儿在围栏外，相距10多米。每次道别时，女儿总是说："爸爸，你要加油啊！"一次分别后，他从女儿的背影中，感觉到她哭了。他也想哭。

这一次，他还需要等待。

11月18日，神舟十一号飞船返回舱成功着陆。迎接景海鹏和陈冬的是无数关注的目光，连围观的牧民都为自己能够目睹这一切感到幸运。

而属于邓清明的欢迎队伍只有两个人。从酒泉返回北京的那一天，女儿邓满琪和妻子一起去机场接他。她们在家里备好了一桌饭菜和红酒，带去了鲜花。妻子还特意穿上了红色的衣服，笑容满面。

回到北京的家里，航天员邓清明走进卫生间，打开水龙头，水流声盖住了他的哭声。在之后的一些场合，他不断地表示，这是他最接近太空的一次。那一年他50岁，距离1998年入选为航天员，已经过去了18年。

消失的人

这是一个会在日常生活中"消失"的职业，是否能够"飞天"都不会改变这一点。

1997年年底，中国第一批航天员来到北京航天城，在花了一周时间收拾完航天员家属楼后，他们才知道，原来自己不能和家人一起住在这里。

他们搬去了另一栋神秘的"红房子"，那是航天员公寓。包括邓清明、杨利伟在内的14名航天员都住了进去。他们距离市中心只有20多公里，距离家人只有一个院落的距离，却像隐居一样，与世隔绝。

士兵严密把守，外人不得入内，一周五天都是如此。进出公寓都要交钥匙，登记时间，专车接送，专人护送。他们不能在外面吃饭，不能私自外出，即使是集体出行，也必须坐火车，且不能坐同一列火车。

在航天员之外，他们大多还担任了父亲的角色，但总是没办法见证孩子的成长。邓清明的女儿邓满琪小时候喜欢看天，因为只有一直盯着天空看，才可以在飞机经过的时候第一眼看到。在她看来，飞机就是爸爸，爸爸就是飞机。

由于不能暴露身份，对亲属之外的人来说，他们的缺位更像是一种"失踪"。可是一旦成功"飞天"，这些航天员的存在感并不亚于当红的明星。杨利伟是第一个，也是收获最多瞩目的一个。

邓清明从未"飞天"过，当红不是他的烦恼。如果你在搜索引擎里输入他们的名字，会发现已经"飞天"的航天员们的搜索结果是百万级，其中以杨利伟最多：833万个。而邓清明的搜索结果是万级：8.9万个。

2006年，他以微小分差落选神舟六号任务。飞船还在天上的时候，他难得有空参加女儿的家长会。那一天，恰好有记者到学校采访费俊龙、聂海胜的孩子，现场一片热闹。邓满琪也是航天员的孩子，但是没有人注意到她。

那个时候，女儿对他哭："为什么你总是上不了天啊？"他也没办法回答。这是不只需要天时地利人和的选拔，不是B角可以如愿走上舞台的励志故事。他只能挤出一脸笑，宽慰女儿："还有机会。"

等

对中国的航天员来说，等待是常态，那始于1995年。那年冬天，第一批预备航天员的选拔工作正式开始。

那次选拔的规模几乎是空前的。99%的淘汰率，3000多名参与初选的飞行员，为期半年的初选体检，长达两年的筛选，层层淘汰，最终只留下了14个人。邓清明是其中一个。

24年后的今天，当年的14个人中有8个完成了"飞天"，5个停航停训，剩下唯一一个现役且没飞过天的，就是邓清明。

但在当时，他并不知道这是一场未知的等待。任务很多，他们要在四五年内完成八个大类、上百个科目的学习和训练。

训练的辛苦甚至痛苦是常态，它们被描述过很多次了。头低位卧床训练时，他们要连续5天呈负6度卧姿，头低脚高，还要控制饮食进水量、清洁个人卫生。模拟失重训练结束后，他们普遍会轻上四五斤。心理训练要考验他们承受疲劳和寂寞的能力，整整72个小时只能工作不能睡觉。高速离心机把他们的五官挤压到变形，有航天员找到拍下离心机训练镜头的记者，恳请他不要让画面出现在电视上，担心父母看到会受不了。高强度的训练结束后，邓清明身体僵硬，手会抖，想吃饭，夹起的菜能被抖到地上。

休息日没有了，睡眠也要压缩，没有娱乐活动。很多人从进入航天城的那一日起就没出去过，北京和以前一样遥远而陌生。

"神十"任务后不久，邓清明在一次常规体检中查出了肾结石。这是中年人的常见病，结石很小，也不用做什么处理。但航天员不行，一点点微小的结石都可能在失重环境下造成严重后果。邓清明坚持做了两次超声波碎石手术，才把结石彻底处理干净。

邓满琪看着爸爸遭罪，心疼得直掉眼泪。邓清明后来说，为了"飞天"，再大的痛苦他也愿意承受。"已经等了16年，绝不能因为这几块小石头受影响。"

结果，三年后的"神十一"任务，他又成了"备份"。"神十一"发射前一天，最终"飞天"人选确定了，是景海鹏和陈冬。邓清明又一次止步于发射塔前。轮到他发言时，他停顿了一会儿，转过身，面向景海鹏，紧紧地抱住他说："海鹏，祝贺你。"景海鹏也说了句："谢谢你。"

整个问天阁大厅寂静无声，许多人流了眼泪。

付出必有回报

2010年，载人空间站工程正式启动，新的航天时代来临。新时代有新时代的要求，也需要新一代的航天员：既需要航天驾驶员，又需要航天飞行工程师和载荷专家；既要从空军现役飞行员中选拔，又要从航空航天工程技术和科研人员中选拔；既要选拔男性航天员，也要选拔女性航天员。

第二代的7名航天员都有本科学历，在2010年，他们最大的35岁，最小的30岁。第三代航天员尚未选出，而邓清明今年已经53岁了。

希望还是有的。尽管中国首批航天员满50岁就停飞了，但在全球范围内，高龄的宇航员也有先例：约翰·格伦是美国首位环绕地球飞行的宇航员。1998年，"发现号"航天飞机发射，77岁的格伦又一次参与了太空飞行。

邓清明依然在等。在他的自述里，有关这种等待的感受被叙述得非常平静："目送自己的战友一次次'飞天'成功，一次次载誉归来，说心里话，没有失落感是不可能的。为什么别人可以执行任务，而我不行呢？航天员是我的职业，身为一名航天员却没有执行过"飞天"任务，那不是我的失职吗？我一次次地问自己，但任务计划安排却没有给我太多时间整理负面情绪。""神十"成功发射后，"备份"乘组的3名航天员马上收拾行李，准备返回北京航天城，为正在飞行的战友做地面支持工作。这时，任务总指挥长经过他们身边，用拳头在3名"备份"航天员肩上轻轻捶了两下，又竖起了大拇指。

2018年，邓清明登上了央视《朗读者》的舞台。在那里，邓清明讲述了他苦等20年却依然没等来"飞天"的故事，让现场观众深受感动。有网友说："不论如何，在中国航天员的身上，我看到了中国航天事业的光芒。"同样在2018年，中国航天科技集团以全年发射37次全胜的成绩，让中国成为全球年度航天发射次数最多的国家。航天员们想要去的地方，就是我们未来的路。

（摘自《读者》2019年第23期）

金钟罩

祖一飞　喻思南

人们常说,老一辈科学家普遍对钱不看重,82岁的钱七虎就是一个典型代表。拿到2018年度国家最高科学技术奖的800万元奖金后,他仅用不到一周的时间便将其"花"了个精光,而且是一次性"花"完。

2019年1月8日,钱七虎获得国家最高科学技术奖。发表获奖感言时,这位满头白发的科学家敬了一个标准的军礼。面对荣誉,钱七虎谈的依旧是责任与担当:"我作为军队的一名科学家,要始终把科技强军作为毕生的事业去追求,并为此奋斗一生。这是我的事业所在,也是我的幸福所在……"

与往年不同的是,2018年国家最高科学技术奖的奖金由500万元提升至800万元,而且奖金全部由个人支配。钱七虎很快就行使了自己的这项权利:收到奖金没几天,他便主动提出将全部奖金捐出,纳入他此前设立的公益基金,重点资助西部和少数民族的贫困学生。消息传开后,无数网友为之动容。

由于所从事工作的特殊性,在这次获奖之前,钱七虎的公众知名度其实并不高。但在中国的防护工程领域,他向来是一位让人仰之弥高的领路人。60多年间,钱七虎不仅创立了我国防护工程这一崭新学科,还为其奠定了理论基础,将中国的防护工程研究推向国际先进水平。

军事抗衡中,有"矛"必有"盾"。坚船利炮有了,导弹核弹有了,如何铸就坚不可摧的"盾牌",是钱七虎毕生钻研的课题。

猛"虎"冲进蘑菇云

20世纪70年代初,中国西北的戈壁深处传出一声巨响,荒漠上空随之升起一团蘑菇云。烟雾还未散尽,一群身着防护服的科研人员就迅速冲进核爆中心展开勘察,钱七虎便是这群勇士中的一员。

当时,钱七虎受命改进空军飞机洞库的防护门。为了发现原有设计中存在的问题,他特意申请到核爆实验现场去。通过观察,钱七虎发现,核空爆后洞库虽然没有被严重破坏,里面的飞机也没有受损,但防护门因为严重变形而无法开启。"门打不开,飞机出不去,就无法反击敌人。"钱七虎说。

那个年代,飞机洞库防护门的相关设计计算都靠手算,计算精度差,效率很低。为了设计出能抵抗核爆炸冲击波的机库大门,钱七虎决定变一变。彼时,有限单元法作为一种工程结构的计算方法刚刚兴起,钱七虎便大胆决定运用它来计算,这在当时的中国尚属首次。

设计计算需要用到晶体管计算机,但国内只有少数几家单位有这样的设备。而且他们自身的研究任务也很重，设备使用率很高。钱七虎就利用节假日和别人吃饭、睡觉的空隙，打时间差"蹭"设备用。

时间好不容易抢来了，如何使用又是一个难题。面对巨型计算设备，钱七虎团队拿到的只有一本操作手册。由于从来没有接触过，团队中的很多人看它就像看"天书"。钱七虎虽然自学过计算机的基础理论，但从未上机操作过，他也只能硬着头皮现学。

连续两天时间，钱七虎把自己关在房间里啃"天书"。当他再次站在团队人员面前时，他说的第一句话就是"可以上机操作了"。他不仅看懂了操作手册，而且已经开始编写大型防护结构的计算程序。

由于科研任务重，钱七虎常常睡在办公室里，赶任务时啃馒头、吃咸菜是常有的事。有一段时间，他付出了不少心血，实验却一次次失败。"气动实验做了几十次，用了整整一年时间。失败后总结一下教训，就接着准备下一次实验。"

任务攻坚的两年间，钱七虎没有气馁过，他把每一次失败都当成学习的机会，最终解决了大型防护门变形控制等设计难题。为了缩短开关防护门的时间，他还创新提出使用气动装置升降洞库门，成功研制出当时我国跨度最大、抗力最高的地下飞机洞库防护门。拿到成果鉴定书后不久，钱七虎也接到一份"十二指肠溃疡和胃溃疡"的医疗诊断书。那一年，他才38岁。

钱七虎既没因为成果鉴定书而高兴得止步，也没被医疗诊断书吓倒。两张纸都被他放到一边，他趁热打铁，总结起实践经验。

经过10多年的研究，钱七虎和他的团队为抗钻地核武器防护工程的设计与建设提供了诸多理论依据，在实践中为我国战略工程装上了打不烂、炸不毁的"金钟罩"。

永在一线的斗士

随着侦察手段的不断更新和高技术武器与精确制导武器的相继涌现，防护工程常常"藏不了、抗不住"，"矛"与"盾"在对抗中不断升级。面对挑战，钱七虎带领团队开展抗深钻地武器防护的系统研究，并创造性地提出建设深地下防护工程的总体构想。

为了掌握第一手资料，钱七虎总是亲自去各类深地下工程实地考察。在一次学术会议结束后，他专程坐车赶到200公里外的一座大型煤矿，深入到地下上千米深的作业面实地考察。煤矿的支巷里潮湿、闷热、粉尘遍布，温度高达40℃，时年70多岁的钱七虎在这样的环境中坚持了1个多小时，通过观测获得了许多宝贵的信息。

从领导岗位退下来之后，钱七虎却比以前更忙了。他曾说："忙是我这个人一生的特点。"作为多个国家重大工程的专家组成员，他要为决策部门出谋划策。此外，作为顾问，他还经常受邀到工程一线指导项目建设。这些事情，换作是他的同龄人可能会适当推掉一些，但钱七虎来者不拒。

一家研究单位曾邀请钱七虎参加科研项目论证会，会议前两天，他因长年钻坑道落下的关节炎突然发作，腿疼得连走路都困难。主办方听说后，劝他在家休养。钱七虎不肯，执意要去，最后硬是带着止疼药、坐着轮椅参加了项目会。

"钱院士来了，我们做事情心里就踏实、有谱了。"在许多工程师眼中，钱七虎就像一艘大船上的压舱石。工程项目所在地通常交通不便，有时还要深入地下数百米，钱七虎却总是亲自去指导，"现场调查是工程建设的基础，只要时间能安排得开，就定去"。

"兴趣广泛"的战略科学家

除国防工程之外，钱七虎把科研应用延伸到国家经济和社会发展的多个方面。

从20世纪90年代末开始，关于交通拥堵、空气污染、城市水涝等许多城市病的新闻和讨论不时见诸报端。钱七虎利用自己研究地下工程占有大量国内外学术资料的优势，率先提出开发利用城市地下空间的战略。

2000年，钱七虎参与撰写了我国第一部关于城市地下空间开发利用方面的专著——《中国城市地下空间开发利用》，后来又主持了北京、深圳、南京、青岛等十几座城市地下空间规划的评审工作。经过20多年的持续关注和不懈研究，钱七虎已经成为城市地下空间规划领域的权威专家。时至今日，他的那些关于城市地下空间开发、地下快速路、地下物流等理念依然处于世界前沿。钱七虎的一些理念已经在中国"未来之城"——雄安的建设中被采纳。

2018年10月，港珠澳大桥正式通车，这背后同样离不开钱七虎的贡献。港珠澳大桥包含一段长约6公里的海底隧道，其中海底沉管对接是工程施工中的难题。钱七虎综合考虑洋流、浪涌、沉降等各方面因素，提出合理化建议方案，帮助管道顺利完成对接。

近年来，钱七虎又提出核废物深地下处置、国家能源储备方案等重要建议，得到相关管理部门的采纳。每天晚上的《新闻联播》，钱七虎通常不会落下。除了看电视，他还从各类报刊上获取信息，无论是国家大事还是民生问题，他都习惯与自己的研究领域对上号。"钱学森除了研究航天、火箭和导弹，研究领域也很广泛，比如他曾经提出发展沙产业、建设山水城市等一系列超前理论。"钱七虎以他为榜样，看到哪些事情对国家和人民有利，就把兴趣和爱好投向哪里。

在北京建筑大学土木与交通工程学院院长戚承志看来，钱七虎不仅仅是科学家，更是一位战略科学家。"不是每个科学家都可以成为战略科学家的。为什么是他？我觉得是因为他的心里装着国家，想着国家安全，不然他很难站在国家的高度去考虑问题。"

在战火中出生，在军营里报国

钱七虎之所以对国家安全如此重视，与他幼年的经历不无关系。1937年8月13日，淞沪会战爆发，日本侵略者进攻上海，血腥的战争逼近江苏昆山县城。钱七虎就是母亲在逃难途中的渔船上生下来的，他在家中排行老七因此得名"七虎"。

每当回想起童年，有两个场景一直萦绕在钱七虎的脑海中：一个是侵华日军将杀死的游击队队员的尸体放在小学操场上示众，还逼迫镇上理发店的师傅下跪磕头，不从就砍头；另一个是他在上海读中学时，美军残暴地打死三轮车车夫。亲历过那个年代的钱七虎，对国破民弱的时代心痛不已。

中华人民共和国成立后，依靠政府的助学金，钱七虎完成了中学学业。强烈的时代对比，让他自小就在心里埋下了报党、报国的种子。13岁时，钱七虎就报名参加军干校，但因身体原因落选。14岁，他申请加入共青团，并担任共青团支部书记和宣传委员。

在上海中学读书期间，正值中国实施第一个"五年计划"，钱七虎梦想着成为一名工程师。因为有目标，他学习起来格外努力，成绩十分优异，6门课中有4门拿了100分。当年上海代表团去朝鲜慰问志愿军时，其中一个慰问品就是钱七虎的成绩单。

毕业时，一些优秀的学生可以直接被选送到苏联留学，品学兼优的钱七虎也在其中。但当时我国急需培养军事人才，学校领导找到钱七虎，希望他放弃出国，到新成立不久的哈尔滨军事工程学院学习。一边是难得的出国深造机会，一边是国家的需要，钱七虎毅然选择了后者。他心中只有一个念头："没有党和国家，我连中学都上不起，哪能想那么多，组织叫我干啥，我就干啥！"

大学就读期间，6年时间，钱七虎假期只回过一次家，每个假期他都主动留校学习。毕业时，他是全年级唯一的全优毕业生，因此被保送至苏联莫斯科古比雪夫军事工程学院深造。对待学术的严谨精神，钱七虎一直保留到今天。作为国家防护工程重点学科的带头人，他的名气不必多说，但很多学生提起他时都"心有余悸"，因为都曾有过"痛苦却有收获的煎熬"。钱七虎对论文中的每一个数据都要反复试验，每一个判断都要仔细论证。

考虑到钱七虎的年龄和精力，有学生提议帮他代上一些专业基础课，他听完就火了："我们不搞代师授徒那一套，把人招进来就得全心全意地把他们培养好！"

如今，耄耋之年的钱七虎依然活跃在教学研究的一线。工作之余，他坚持每周游泳两次，每次游500米。说起原因，这位80后老科学家笑着说："遵循毛主席指示——身体好、学习好、工作好。"

（摘自《读者》2019年第7期）

记录冰川消融的人

刘雪妍

云南梅里雪山西坡，人迹罕至。20多米高的黑色冰墙上有一小片茂密森林，夏日阳光下，冰块融化，开始松动，继而轰然脱落。哗啦声中，树木失去支撑，也跟着塌了下来。树枝和泥浆混着冰块流出冰河。

见过300条冰川的王相军，又一次目睹美景在眼前消失，他拍下视频说："冰川上的森林真是罕见，可惜没有了。"

那些沉寂数亿年的冰川，此前鲜有人类造访。一个人、一只狗、一辆摩托车，王相军在人迹罕至的冰川雪原探路，有时一面是高耸的冰墙，另一面就是万丈深渊，可他还是蹦蹦跳跳，像在家中一样自在，还兴奋地和冰川像朋友一样打着招呼，脸上笑出深红的褶子。

四川农村小伙儿王相军，是在西藏拍摄冰川的摄影师。这位"西藏冒险王"的每一次冒险，在视频网站上都有百万粉丝围观。粉丝们称他

"冰川哥"，或喊他老王，其实他只有29岁。因为长时间在高海拔地区工作，所以他肤色黑红，嘴唇爆满白皮，像是看不出年纪的荒野猎人。

沉醉于日照金山、喜马拉雅山和雪山深处的花海佛寺，为深不可测的冰川竖井震惊，也曾差点掉进正在消融的冰川湖泊，王相军的冒险从我国的云南、西藏到尼泊尔。这一次，他跨过山海去了西班牙，站在了联合国气候变化大会的讲台上。

意外的高光

接到工作人员的电话，说请他去联合国演讲时，王相军正在尼泊尔爬山。"联合国"这个词对他来说有些遥远，他第一反应——这是骗人的，直到收到联合国的官方邀请函，请他代表中国民间环保观察者，在气候变化大会的活动上分享他的冰川观察结果，他才相信。

背着装满脏衣服的登山包到了马德里，他还是觉得不太真实。虽然剪掉毛糙头发后精神了很多，但在一群西装革履的专家学者中，穿灰色T恤和夹克的他仿佛是个走错片场的闯入者。

他的演讲只有五六分钟，现场听众不多，其中有一些媒体人。"联合国最近发布的报告上说，全球平均温度将升高3.2摄氏度"，王相军停顿一下，低头看了一眼稿子，抬头说，"不敢想象那时地球会变成什么样子，会有多少冰川消失。"

展示和讲述自己拍摄的照片和视频时，他回到了熟悉的领域，语气顺畅了许多："冰川已经不是像原来那样一点点地融化，而是在大块地剥落。"

他的观察判断结果与学界的研究一致，世界冰川监测局的持续监测显示，全世界的冰川正在逐渐消融。就中国而言，和20世纪50年代相比，就有82%的冰川处于消融状态，总面积缩小了18%左右。

在联合国气候变化大会的交流中，自然资源保护协会的杨富强博士也提起，冰川融水是大江大河的主要来源，如果冰川消失了，大江大河也就没了。

王相军想到自己看到的很多冰川，内部已经完全融化成了空洞，认真地和博士讨论："水没有了，干旱就会加剧，庄稼收成也就不好。冰川与每个人都有深刻的关联。"

这个高中毕业的农村小伙儿没想到，自己最近认识的人，最低学历都是研究生。可好些埋头研究冰川多年的人远没有他见得多、走得深，正因为如此，他的记录才更显珍贵。

在联合国的发言结束时，王相军说："希望有更多人关注冰川，关注气候变化。气候行动，从记录开始。"

冰雪冒险

驱使他一次又一次出发的，不过是最原始的喜欢。因为这份喜欢，他没少受罪。

王相军走路时膝盖微曲，这是长期在冰雪中生活导致的风湿。2017年上半年，他在那曲做厨师，因为海拔高，厨房又特别潮湿，鞋里经常都是水，很难晾干，所以病情加重了。因为疼痛，那段时间他甚至连路都走不了，后来干脆辞职专心拍冰川雪山。

想要与冰川零距离接触，就要走到其深处。有一次，他循地图去一个山地冰川，到了之后才发现，这个冰川已经成了一片夹在两山之间的湖泊。早上,他踏着厚厚的冰面进入冰山,下午拍完照返回时,被太阳晒了一天的冰面已经不足来时的一半厚,刚走到湖中间,他就一脚踩空掉了进去。

好不容易挣扎着爬出来,头发和睫毛上的水很快结成了冰。并且,继续融化的冰面让他再次掉了下去。"当时我脑子里全是照片不能没了,都没想过自己都快没了"。

冬季,他用树枝上残留的沙棘果煮水,就着馒头果腹。在海拔4500米的荒原上他也能睡个好觉:在石头围墙的一角,用柴火横竖搭起框架,再把牧民在虫草季留下的破被子和油布一层层压好,小窝看起来还挺温暖。像王相军这样在荒野中甘之如饴的人委实不多,有网友说:"感觉老王在哪儿都能活,比专业人士都厉害。"

条件艰苦还好克服,可遇到野兽就不是开玩笑的了。2018年元旦,在亚龙冰川附近,王相军找了间牧民闲置的小木屋休息。熟睡时他被碎石砸醒,睁开眼才发现,屋顶伸进一只熊爪,努力去抓他还没吃完的饼干。

村民告诉过他,熊害怕金属声音和火光。他就赶紧玩命地敲起锅底,巨大的声音让熊有些焦躁。可能几分钟,也可能只有几十秒,但对他来说,是一段无比漫长的时间。终于,熊嘶吼着离开了。可他根本不敢继续睡觉,点燃所有木柴,睁眼到天亮。

"土豆"的到来是个意外。遭遇棕熊一个多月后,有一次,一只小狗钻进他的帐篷来偷腊肉,他发现后喂了它一些。到了他要离开时,小狗就一路跟着。他心一软,就把它带上了摩托,直播间的老铁们帮它起名"土豆"。

老王从此不再是孤身一人,土豆也成了"见过最多冰川的狗",开启了艰难的"狗生"：在冰川侧碛垄的乱石堆里穿行，下雨被淋成落水狗，野外露营被藏獒咬掉一块肉垫，还被打了麻醉剂当作流浪狗抓走过。

在布加岗日冰山上拍照时，他把土豆留在山下，回头看到它也跟着爬上了冰塔林。他远远地喊："土豆，太危险了，不要过来。"莽莽冰原上，人和狗都显得很渺小，可一个小点却朝着另一个执着地跑去。

生计与追梦

2010年高考，王相军因重感冒失利。小时候他成绩很好，也梦想着成为一名学者。复读几个月后，他还是选择外出打工，离开家乡广安邻水。

父母托人在深圳给他找了工厂里的仓库管理和拖地的工作。因为不喜欢机器带来的压迫和拘束，也不想做毫无意义的重复工作，他很快就辞职了，满心只想挣破牢笼。

2011年，因为心系自然山水，他去广西流浪，在柳州爬山，睡在公园的树下，每天顶着一头露水起床，吃一顿4块钱的螺蛳粉，反而觉得心里安静了许多。后来在丽江街头，偶然看到公交车上的一张海报，巍峨的白色雪山让他惊艳，身边有人告诉他，那是梅里雪山，里面还有冰川。

他没钱坐车，就搭别人汽车的后备箱；买不起索道票，就徒步上山。他一路小跑，只用了8个小时，就从海拔2200米来到海拔4500米的冰川公园——即使是当地人，走上山也需要11个小时。

山间的冰川像一条银鳞游龙，从高高的雪峰一直延伸到山下，直扑江边。第一次见到冰川，他就被征服了。天快黑时，工作人员才发现，他居然是徒步上山的，给他补了一张儿童票就让他坐索道下山。

2012年，五彩斑斓的林芝又让他心动了，原来高寒地区也可以这么多姿。他当时月工资1100元，买了张780元的车票到了林芝，这一来，就再也没有离开过。

对于打工盖房、娶妻生子这样的生活，他没有一丝向往，他说："如果我回家，爸妈就要拼命挣钱让我成家，我不想拖累他们。"所以，离家9年，他主动切断了和家里的联系。

起初，他外出拍冰川和雪山，在微信朋友圈分享，同事们还以为那些照片都是他从网上下载的，没人相信那是他的作品。从2017年开始，他把这些作品上传到短视频平台上，没想到这为科普和环保的宣传提供了难得的素材，引起了大众甚至专家的注意。

有一次，他发现3个并联的冰川湖，上游冰川脚下的湖比较浑浊，中间的稍微清澈一些，下游最大的湖泊则蓝得像翡翠一样。他给网友解释，冰川运动时因为和山体发生摩擦，石头被磨成细粉，夹在冰块里，所以冰刚融化时水比较浑浊，经过阶梯式的沉淀过滤，越往下游就越清澈。网友们乐意听他讲这些知识，除了佩服就是感谢。

回　家

深夜12点，重庆街头依然灯火通明，远方西藏那些属于他的山野，此时早已乌黑静寂。王相军走在路上直播，他跟大家说："城市晚上一片通明，要烧太多煤了，我们应该节约用电。"

很多电厂烧煤飘出来的黑色粉尘，会深深融入冰川，加速它们的融化。他耐心地给老铁们讲着这些从联合国大会上学来的知识。

网友们跟他一起回忆：原来的冬天天寒地冻，大雪纷飞，现在则艳阳高照，少见雪花，空气中细菌多了，感冒要很久才能好，真的要好好爱护我们的家园。王相军赞同："我们就是要传播正能量，过低碳生活。"

他明白了那么多人采访他，是因为气候问题越来越严重，"要通过这个契机宣传，让更多的人知道环保的重要性"。

作为一个城市生活的逃离者，他不知道怎么用手机搜索周围吃喝玩乐的场所，也鲜和陌生人打交道，离人群越远，他越自在。他享受山里没有网络的与世隔绝感，白天等着看日照金山，晚上出门拍满天繁星，秋天去找冰川，春天拍阿里的桃花。去年夏天，表弟在视频平台上发现并联系上了他，妈妈一条一条看完他的视频：白净的儿子变得黝黑粗糙，爬着危险的冰川，说着他们听不懂的话，她既生气又心疼，可时隔9年见到儿子，所有情绪又都放下了。

喜马拉雅西北坡蓝湖，念青唐古拉山北坡、帕隆藏布江的源头雅隆冰川……王相军脑子里冰川融化的例子举不胜举。杨博士说，中国的冰川不仅养活了中国人，还养活了周围的27亿人。可是在西藏拍冰川的人太少了，王相军想尽量多拍，让自己的镜头成为桥梁。

离开户籍意义上的家，王相军要回到自然界的家去。他用镜头写给自然的这些情书，可能都会成为孤品。

（摘自《读者》2020年第5期）

你是暗夜里的光

陶 勇

17年前,"非典"的阴影笼罩北京时,我在北京大学人民医院接受了长达两周的隔离。和我一起被隔离的有一个刚考上研究生的女孩,她因1型糖尿病眼底发生了严重的病变,视力只有0.1,读书看字非常吃力。

我问她:"你现在是这种情况,为什么还要坚持上学?"她说:"因为我在读书的时候,会忘了我的眼睛不好。"

10年前,我们眼科病房来了一个农村小男孩,名叫天赐。他爸爸说,这个孩子是上天赐给他们全家最好的礼物。可是,小男孩的双眼长了恶性肿瘤,晚期,而家里一贫如洗。

妈妈离开了他,但爸爸没有。于是,白天,他在我们医院接受化疗;晚上,父子俩在北京西站卖报纸。

有一天,我听到和他同病房的小孩问他:"你家在哪儿?"他晃着头发掉光了的大脑袋，说："我没有家，我爸在哪儿，哪儿就是我的家。"

作为医生，我除了每天见证病痛带给人们的苦难，同时也不断见证着患者战胜苦难的勇气和坚强。

我们的世界有形形色色的苦难，病痛是其中一种，它是我们生活中重要的一部分。上天从来不吝于雪上加霜，也从来未曾对深陷苦难的人，表现出一丝一毫的怜悯。

可是，没有苦难，便没有诗歌。

我尊重那些即使明知自己身患重疾，但仍然怀揣梦想、不断奋斗进取的人；我尊重那些虽然家境贫寒，甚至一贫如洗，却仍然坚持劳动、不放弃治疗的人。

我尊重那些被孤立、被误解、被伤害，遍体鳞伤但仍心无恨意、笑对人生的人；我也尊重那些用幽默填充身体的残缺，用热情点燃生命之火的人。

（摘自《读者》2020 年第 7 期）

芳华无悔

徐海涛　屈　辰　何　伟　农冠斌　卢羡婷　朱丽莉

她的一生，定格在芳华绽放的 30 岁。

她从北京师范大学硕士毕业，放弃在大城市工作的机会，回到家乡革命老区百色；她选择到贫困村担任第一书记，把双脚扎进泥土，为脱贫攻坚事业殚精竭虑；她忍痛告别重病卧床的父亲，连夜冒雨奔向受灾群众，面对危险坚定前行，不幸遭遇突如其来的山洪，年轻的生命永远定格在扶贫路上……

她就是广西壮族自治区百色市乐业县新化镇百坭村第一书记——黄文秀。

朝着受灾群众的方向

每当进入雨季,广西百色大石山区时常遭受洪涝、塌方、山体滑坡等自然灾害侵袭。2019年6月16日晚,电闪雷鸣、暴雨倾盆,一条从百色市通往乐业县的山路被突如其来的山洪淹没。黄文秀在驾车返回乐业县的途中遭遇山洪,不幸遇难。

车前风挡玻璃上的雨刮器高频地刮动,却看不清车灯下前行的路,只有滚滚洪水从眼前涌过……从黄文秀最后用手机拍下的画面,可以看到当时的情景是何等危险。

在单位的工作群里,同事们纷纷给黄文秀留言:"太危险,赶快掉头!""注意安全!""不要走夜路……"然而,凌晨1点以后,群里再也没有了黄文秀的回复,她的电话也打不通……

救援一直在紧张地进行,等待的时间令人煎熬,黄文秀的家人、同事、朋友的内心仍然抱有希望。然而,6月18日传来的却是噩耗。

同事们的劝阻、父亲的挽留,都没能留住黄文秀。

黄文秀利用周末回家看望做完第二次肝癌手术的父亲,看着天气突变,于6月16日急着返回百坭村。病床上的父亲非常担心,说:"天气预报说晚上有暴雨,现在开车回村里不安全,明早再回吧。"

"正因为有暴雨,我更得赶回去,怕村里受灾,我得马上走了。"面对父亲的挽留,黄文秀叮嘱了一句"按时吃药",便启程回村。谁也没想到,这竟成了黄文秀留给父亲的最后一句话。

一路上,她不断与村党支部和村委会干部联系,询问当地雨势和灾情,特别叮嘱要关注几个重点村屯,要立即组织群众防灾救灾。

回忆起当晚的情况,村党支部书记周昌战几度哽咽:"在那么危险的情况下，她想着的却是村里的灾情……"

我就是要回去的人

1989年出生的黄文秀性格开朗、活泼。同学们对她的印象是：爱美，喜欢穿裙子，会弹古筝，写得一手好字，有一点空闲时间就专心致志地学画画。她身上总是散发着一种热情阳光的感染力。

时间来到2016年的毕业季。位于人生的十字路口，不少同学都在为找一份不错的工作而操心。黄文秀也有许多选择，但她没有留恋都市的繁华，毅然回到革命老区百色，作为优秀选调生进入百色市委宣传部工作。

百色位于广西西部，自然条件较差，是广西脱贫攻坚的主战场之一。2018年3月26日，黄文秀响应党组织的号召，到偏远的乐业县百坭村担任第一书记。

有同学问过她，为什么要放弃在大城市工作的机会，偏偏回到贫穷的家乡？她回答："很多人从农村走了出去就不想再回去了，但总是要有人回去的，我就是要回去的人。"

了解黄文秀的人都说，她是一个懂得感恩的人。由于父母亲身体不好，家境贫寒，黄文秀通过国家的助学政策完成了学业。上大学后，她积极向党组织靠拢，并以自己品学兼优的表现，成为一名共产党员。

黄文秀在入党申请书中写道："只有把个人的追求融入党的理想，理想才会更远大。一个人要活得有意义，生存得有价值，就不能光为自己而活，要用自己的力量为国家、为民族、为社会做出贡献。"

黄文秀的父亲理解女儿，也支持女儿的选择："你入了党，就要为党工作，回到家乡做一名干干净净的人民公仆。"

我心中的长征

　　石山林立的百坭村是深度贫困村，全村472户中有195户贫困户，11个自然屯很分散，最远的屯距村部13公里，好几个屯和村部的距离都在10公里以上。初到村里，黄文秀就碰了钉子。

　　"我们这里穷了那么多年，真的能脱贫吗？""你一个女娃，能行吗？"一些村民议论纷纷。黄文秀一开口就是普通话，敲贫困户的家门时甚至会吃闭门羹。好不容易进去了，打开笔记本，群众却不愿多说。

　　脱贫攻坚时不我待，必须尽快打开工作局面，黄文秀急得哭鼻子，晚上回到宿舍整夜睡不着。

　　要取得群众的信任，就要从内心把群众当亲人，急他们所急，想他们所想，真正和他们打成一片。黄文秀请教有驻村经验的同事和村里的老支书，悟出了这些道理。她改变了工作方法，到贫困户家不再拿着本子问东问西，而是脱下外套帮助他们扫院子、干农活；贫困户家里没人，她就去田里，帮他们摘砂糖橘、种油茶，一边干活，一边唠家常；她不说普通话了，学着说方言……

　　53岁的贫困户韦乃情回忆起黄文秀，泪水在眼眶里打转。老韦清楚地记得，黄文秀往他家跑了12次，细心了解他家的实际困难，分析贫困原因，商量对策，帮他申请扶贫贴息贷款。韦乃情种植了20亩油茶，2018年顺利实现脱贫。"她一心一意帮我，像我的女儿一样！"韦乃情说。

　　黄文秀周末经常不回家。她走访了全村所有的贫困户，还绘制了村里的"贫困户分布图"，每一户的住址、家庭情况、致贫原因等，都一一标注在笔记本中。

群众从开始接纳黄文秀,到打心眼儿里喜欢她、敬重她。一些人开玩笑说:"你这个女娃娃还真是'难缠'得很哩!"

山路太远,黄文秀还要不时去镇里、县城开会,为了提高工作效率,她将私家车开到村里当工作车用。到2019年3月26日驻村满一年,汽车仪表盘上显示的里程数正好增加了2.5万公里,当天她发了一条微信朋友圈:"我心中的长征!"

黄文秀曾对朋友说:"长征中,战士死都不怕,在扶贫路上,这点困难怎么能阻止我前行?""作为驻村第一书记,不获全胜,绝不收兵!"

干出一片新天地

扶贫之路充满艰辛。黄文秀白天走村串户访问贫困户,分析致贫原因,晚上与村"两委"研究脱贫对策,制订工作方案并全力推进落实。夜深了,她一个人孤零零地住在村部一间面积不足10平方米的小屋子里。

她给村里的扶贫工作群取了一个响当当的名字——百坭村乡村振兴地表超强战队。

没有脱贫产业就不能实现可持续发展。为了解决山里的产业短缺问题,黄文秀带领村干部和群众学经验、找路子,立足当地资源,大力发展杉木、砂糖橘、八角、枇杷等特色产业,请技术专家现场指导,挨家挨户宣传发动,鼓励党员带头示范。

让农产品能够对接市场是实现贫困群众增收的关键环节。百坭村的砂糖橘种植从500多亩发展到2000亩,为打通销路,黄文秀多方联系,把客商邀请到村里来,还在微信朋友圈发销售信息。云南、贵州等外省果商来到村里，一次性收购几万斤砂糖橘。大卡车一辆接一辆地开进来，把村里的道路塞得满满当当。

黄文秀的奔忙带来了她渴望的收获，昔日的贫困山村发生了变化。2018年，百坭村88户贫困户实现脱贫，贫困发生率从22.88%下降到2.71%。

2019年6月14日，黄文秀穿着印有"第一书记黄文秀"的红色马褂，双手撑在黄土上，爬到河沟边查看被暴雨冲毁的水利设施，当晚就组织村干部制订了抢修方案。她计划回村后立即实施，避免影响群众生产。

这是她在村里留下的最后背影。

青年的榜样

2019年6月22日上午，百色市殡仪馆，黄文秀的骨灰被安放在鲜花翠柏丛中，上面覆盖着鲜艳的中国共产党党旗。告别的人群中，一位瘦弱的老人久久地凝视着上方的遗像，老泪纵横。他是黄文秀的父亲黄忠杰。

在生前发的最后一条朋友圈消息中，黄文秀展示了她买给父亲的营养品。身患癌症的父亲明白，除了脱贫大事，女儿最惦念的就是他的身体。

经过两次手术的黄忠杰吞咽困难，但他说自己一定会坚强："我现在每天都努力吃东西。虽然很难吃下去，但为了让文秀放心，我也要拼命吞下去……"

父亲曾这样对女儿说："没有共产党，我们家不可能脱贫。"黄文秀选择回到家乡工作，他很欣慰，常常叮嘱她认真为党工作，为群众办事。

望着手腕上的银手镯，黄文秀年过六旬的母亲悲痛不已。2019年的妇女节，黄文秀给妈妈买了这个礼物，手镯内侧刻着4个字——女儿爱你。

黄文秀的同事、同学、朋友们都知道，这个懂事的姑娘深深地爱着她的亲人。但是，作为第一书记，她心里始终装着村里的贫困群众，为了群众，她常常顾不上亲情。

"文秀的生命正值芳华却戛然而止，令人无比伤痛。她坚守初心使命，用生命践行了一名共产党员对信仰的无比忠诚，无愧于'时代楷模'的称号。"黄文秀的好友、曾经在百色市凌云县上蒙村担任第一书记的路艳说，"她是我们青年的榜样，将激励我们为党和人民的事业勇于担当作为。"

"芳华虽短，但灿烂地绽放过，馨香永存！"黄文秀去世后，她的朋友李黎看着文秀的画作，忍不住泪流满面。黄文秀留下的两幅画，一幅是父亲背着小女儿的素描，温馨动人；另一幅水彩画上，金黄的向日葵正迎着阳光绽放。

（摘自《读者》2021年第7期）

草原额吉

许晓迪

20世纪60年代,在内蒙古自治区,一个外号叫"小毛巾"的小女孩,打翻了妈妈给她做的奶豆腐,因为"难吃"。在草原上,她是一个奇怪的孩子,没有蒙古族名字,吃不惯牧民的食物,看到冰糖两眼放光,吃到鸡蛋会开心地笑,有厕所才愿意方便。

她的记忆深处都指向她来的地方——上海孤儿院。她被称作"小毛巾",那是因为她经常拽着一条小毛巾不撒手。毛巾是亲生母亲留给她的,上面绣着她的名字:杜思珩。在她的故事背后,凝结着一段真实的历史:3000多名孤儿入内蒙古。

接一个，活一个，壮一个

1960年，水、旱、虫、雹一齐向神州大地袭来，我国遭受严重的自然灾害。上海孤儿院人满为患，几乎每一天都有被送来的弃婴、弃童，粮食和营养品难以为继。

当时主管妇女儿童工作的康克清心急如焚。在北京的一次会议上，她碰到内蒙古自治区人民政府主席乌兰夫，向他求助："能不能搞些奶粉给那些可怜的孩子？"

此时的内蒙古，也处在灾荒饥馑中，但乌兰夫立即伸出援手，凑出几千罐奶粉，运往南方。然而，对于"远方的哭声"，这些奶粉只是杯水车薪。

"将孤儿接到内蒙古来，分派给牧民去抚养。"乌兰夫的指示简洁果断：接一个，活一个，壮一个。

那几年，内蒙古自治区先后接纳了来自上海市和浙江、安徽、江苏等省的3000多名孤儿。这些来自江南的孤雏，将在内蒙古高原的花草中、马背上与蒙古包中，开始新生活。他们先到城市医院里进行严格的体检、治疗。当身体无大碍时，孩子们会被送到育儿院。这些育儿院有一个统一的名字——"兴蒙"。

19岁成为28个孩子的母亲

育儿院，是孩子们在草原生活的第一站。他们随时面临生存的挑战，消化不良、腹泻、脱水、麻疹、水痘，尤其是蛔虫病，常常折磨着他们。

呼和浩特市育儿院的保育员马玉珍回忆，吃了蛔虫药，孩子们到处拉蛔虫。有时，便出一半的蛔虫还在肛门外挣扎、缠绕着，孩子们吓得一边哭，一边叫。保育员去帮他们，手哆嗦着，拽出那些白色的虫子。

育儿院有一个5个月大的女婴，得了蛔虫病，任何食物都给她喂不进去，医生也束手无策。

马玉珍很着急。那年，她29岁，有一个正在吃奶的儿子。她试着把乳头放进女婴嘴里，女婴没有拒绝，不一会儿就吃饱了。她又找来偏方，用使君子熬水喂给孩子，女婴服用后拉下大团的蛔虫。

不久，女婴脸上有了红晕，长了肉，马玉珍自己的儿子却一天天瘦下来。在那个年月，人们很难买到好奶粉。她把自己的奶水喂给孤儿，自己的孩子只能吃玉米糊糊。

也有很多保育员，还是未婚的姑娘。1961年，19岁的都贵玛被分配到四子王旗育儿院，成为28名孤儿的额吉（蒙古语，母亲）。这些孩子，最小的刚刚满月，最大的只有6岁。

从喂奶、喂饭到卫生护理，都贵玛常常不眠不休。孩子生病了，她冒着凛冽的寒风和被草原饿狼围堵的危险，深夜骑马奔波几十里去找医生。在她的悉心照料下，28个孩子没有一个因病致残，更无一人夭折。在那个缺医少药、经常挨饿的年月，这堪称奇迹。

在育儿院，马玉珍、都贵玛的故事，到处都有。

很多无名的母亲，用自己的奶水喂养了病弱的孩子。很多职工义无反顾地将自己的鲜血献给孩子，有一个人先后献血15次，却没有留下姓名。

在这里，这些孤儿被称为"国家的孩子"。

6个孤儿立下一块墓碑

镶黄旗新宝力格公社育儿院有6个孩子，他们经历了遗弃、漂泊、迁徙，本能地对抗着外部世界，用上海话互相鼓励，不愿意到蒙古包里去。

保育员张凤仙主动提出收养这6个不愿分离的孩子："只要有我一口吃的，我就不会让他们挨饿。"

张凤仙的丈夫仁钦道尔吉，曾是一名骑兵连连长，转业后在旗畜牧场当场长。他踩着碎雪去荒原上打兔子、追黄羊，捡回过去不屑一顾的头蹄下水货，给孩子们补充营养。

有一年春节临近时，粮食局给每个孤儿特批5斤大米，领米的地点在百里之外的化德县。张凤仙顶风冒雪，长途跋涉，一路上靠几块饼干和白雪充饥，背回了30斤大米。

张凤仙坐在门口纳鞋底，让孩子们在家里读书。旗府中学的一位老师，曾被勒令去滩里铲羊粪砖。张凤仙便把他请到家中，给他烧茶、做饭，请他教孩子们功课，晚上再给他一车羊粪砖让他回去交差。

就这样，在偏僻遥远的草原上，一顶破旧的蒙古包成为一所播种文明的学校。孩子们学会了演算数学、书写汉字。后来，这6个孩子个个有出息。

1991年1月，劳累一生的张凤仙逝世。那些岁月里，几个孩子始终叫她"张阿姨"，因为张凤仙告诉他们："你们是国家的孩子，你们的妈妈在上海，你们叫我'阿姨'。"

蒙古族牧民没有立碑的习俗，但这6个汉族儿女，却以汉族传统的方式，在草原上为父母立下一块独特的墓碑。在坟前，他们终于叫了张阿姨一声"妈妈"。

不能忘却的记忆

草原额吉与"国家的孩子"的故事，还有很多。

锡林郭勒盟有三姐妹，老大叫国秀梅，老二叫国秀琴，老三叫国秀霞。当初，她们没有姓名，民政局的叔叔阿姨们说，他们都是国家的孩子，就姓"国"吧！

朝鲜族大娘芮顺姬收养了她们。3个孩子都患有小儿麻痹，腿脚不便，芮大娘扶着她们走路，背着她们上学，看着她们一个个出嫁、成家。

在以后的岁月里，这些"国家的孩子"，有的当了工程师、教师，有的走上领导岗位，也有的成了地道的牧民，在辽阔的草原上放牧自己的羊群。高原的风和阳光使他们变得剽悍、健硕，许多人讲得一口蒙古语，不经介绍，无法让人想象他们曾经来自秀丽的江南。

都贵玛抚养过的孩子们，已深深扎根在这片哺育他们的土地上。工作再忙、住得再远，他们都会不时到都贵玛家坐坐，陪额吉喝碗热乎乎的奶茶。

原本相隔千里、民族各异，如今却骨肉相连、生死相依。在那段困难的年月，草原以其博大的胸怀，成为无数人的额吉。

（摘自《读者》2022年第21期）

说英雄，谁是英雄
押沙龙

文天祥被元军俘虏，拒绝敌人的劝降，英勇就义，还写下著名的诗句："人生自古谁无死，留取丹心照汗青。"故事听上去简单而热血，但实际上，文天祥人生最后的旅程走得既复杂又心酸。

1

文天祥是在广东的一个山脚下被俘的。

当时大家正在吃午饭，元兵忽然杀了进来，文天祥措手不及，被俘了。他的第一反应是从怀里掏出二两龙脑吞了下去。为了加速龙脑的消化，文天祥在元兵的挟持中，又找机会捧着马蹄印里的积水喝了几口。

但是，龙脑的效果并不稳定。文天祥上吐下泻了一阵子，不但没死，反而让拖延了十几天的眼病好了。

没死成,文天祥被押着去见元朝大帅张弘范。张弘范很和气,用待客的礼节招待他,然后就把文天祥带往厓山,旁观那场大海战。文天祥坐在船里,目睹了南宋的最后一战。他看到了烈焰蔽天,也看到了海上的十几万具浮尸。他万念俱灰,想跳海自杀,但是被身边的看守拦住了。

厓山之战让文天祥的心态一度趋于崩溃。他以前和元朝官员对话时,总是不卑不亢。在此后的宴会上,他却对着蒙古将领庞抄儿赤破口大骂,骂得声嘶力竭。

张弘范派人把他押送到北京,交给忽必烈处理,路上会经过文天祥的老家江西庐陵。文天祥算准了日子,提前六天开始绝食,准备第七天正好死在老家。

2

这个时候,他的两位朋友出场了。

第一位是王炎午。他原来是文天祥幕府里的参谋,后来他的母亲生病了,文天祥就让他赶紧回老家照料,他就此脱离了抗元部队。

他听说文天祥要路过江西,就写了一篇《生祭文丞相》。他大致是这么说的:"文丞相,您对我太好了,不但提拔我、奖掖我,我家里出事的时候还让我赶紧回家。现在我要报答您的恩德,所以写了这篇文章,让您赶紧死。现在国家已经灭亡了,您没有什么可等待的了,您赶紧死吧。死是很容易的,七天不吃饭,就会死。您还等什么呢?"

很明显,王炎午不知道当时文天祥正在船上绝食。

王炎午把这份祭文抄写了很多份,在文天祥经过的道路上到处张贴,希望文天祥能看到。但是，文天祥一直被锁在船里，所以并没看到王炎午的这篇文章。

船顺流而下，文天祥错过了王炎午的这篇祭文。不过船速比他预料得快，他提前到了庐陵。文天祥已经饿得有气无力了，但还是上了岸，坐在水边的苍然亭里。这个时候，他的另一个朋友出场了。

他叫王幼孙，是文天祥的老乡，也是文天祥从小就认识的朋友。王幼孙带着几个人来看望文天祥。文天祥很高兴，想在死前和他叙叙旧。结果王幼孙当场掏出一篇自己写的《生祭文丞相信国公文》，读给文天祥听。

王幼孙在文章里说："人都贪生怕死，只有您不怕。所以您这一死，别人都为您悲伤，我却为您高兴。您死得真是壮烈！我活着种地，您死掉尽节，我们两个人处境虽然不同，但心是一样的。跟您一比，那些人都白活了一辈子！您死得真好！"

王幼孙读得慷慨激昂，在场的人都被感动得低头哭泣。文天祥默默听完了，没说什么。

这时候又来了一个叫张弘毅的人。他没写文章，也没劝文天祥死，只是要求也进囚船，陪着文天祥去北京，好在监狱里照料他。王幼孙念完文章走了，张弘毅上船了。

当天晚上，文天祥在船上写了几首诗，其中一首诗里说："泪似空花千点落，鬓如硕果数根存。肉飞不起真堪叹，江水为笼海作樊。"

3

文天祥接着绝食两天。到了绝食的第八天，押送官打算强行给他灌粥，文天祥忽然说："不用灌，我吃。"

他恢复了饮食。在此之前，他服龙脑、跳海、绝食。可是在此之后，他平静地到了北京。

在那里，元朝官员们开始对他轮番劝降。劝降没有任何效果，文天祥说来说去就一句话："我是不会投降的，你们杀了我吧。"事情陷入了僵局。文天祥在监狱里的待遇也时好时坏，有的时候被套上木枷，被用绳索捆绑好多天；有的时候又能读书写诗，还可以会客。文天祥的好多诗文就这么流传出去了。

这时又发生了一件事情，文天祥的两个亲弟弟文璧、文璋投降了。他们受到威胁害怕了，到北京接受了元朝的"招安"。很多人都责怪文璧、文璋，但是文天祥在狱中反复替弟弟们辩解，说他们也是没办法，为了使文氏宗族不至覆灭，"惟忠惟孝，各行其志"，大家都没错。他还写了一首诗，说："三仁生死各有意，悠悠白日横苍烟。"

4

这段日子里，文天祥对生命似乎产生了一丝眷恋。

他开始和人讨论道教。有一个叫灵阳子的道士经常去看望文天祥，和他谈论长生不老之术。文天祥颇受启发，写了一首诗，里面有几句是："功名几灭性，忠孝太劳生。天下惟豪杰，神仙立地成。"就连忠孝这样的纲常，他都有点儿不以为然了，觉得还是长生不老的神仙最好。

这个灵阳子其实是元朝官员特意安排的，用现在的话来说，就是要腐蚀文天祥的意志。

另外，元朝官员还安排文天祥的女儿给他写信。

文天祥的妻子、女儿都被俘虏了，送给元朝公主做奴婢。女儿柳哥给他写了一封信，文天祥看完信后痛哭流涕，托人转告两个女儿："柳女、环女，好好做人，爹爹管不得了！"

没人知道那封信里写了什么。

《宋史·文天祥传》里有一段奇怪的记载。在文天祥生命的最后一年，元朝官员劝他投降，他说："国家亡了，我就该死。如果你们不想杀我，我可以回老家当道士。往后以方外之人做皇帝的顾问，那也可以，但让我投降是不可能的。"

这段话引起很大争议。很多历史学家觉得这是谣言，是给文天祥抹黑。

如果他真的说过这些话，又有什么不能理解的呢？

文天祥自杀过好几次，一度挣扎在死亡边缘。在漫长的牢狱生涯中，他肯定无数次地想过死亡的恐怖，也肯定无数次地想过生命中的乐趣，想过自己的妻子和女儿。他也许还留恋生命，也许不愿意这么死掉，也许还在心中某个角落暗自盼着和妻子、女儿团聚。

无论怎么思前想后，他的底线从来都没有动摇过。但是，历史学家认为这种思前想后就是一种抹黑。而王炎午、王幼孙更害怕，他们害怕文天祥有太多思考的时间。他们一直在焦虑：文丞相怎么还不死？他为什么现在还活着呢？

5

忽必烈召见了他，做最后一次劝降。

文天祥见了忽必烈不肯下跪，周围的武士用棍子击打他的膝盖，他还是不肯跪。忽必烈说："算了，不跪就不跪吧。你如果像对待宋朝皇帝那样对待我，我就让你做宰相。"

文天祥说："我是宋朝的宰相，宋朝亡了，我只能死。"

忽必烈说："不做宰相，也可以做枢密使。"

文天祥回答说："我能做的，就是死。"

对话就此结束。他被押回监狱。一个月以后，他被押到刑场处死。临死前，他问明哪个方位是南方，然后面对南方受刑而死。

拖了将近四年之后，文天祥终于死了。

这让王炎午、王幼孙心中的一块石头落了地。王炎午听到文天祥的死讯后，伤心地写了一篇文章，文中说："今夕何夕，斗转河斜，中有光芒，非公也耶！"王幼孙也怀着异常悲痛的心情写了一篇《祭文丞相信国公归葬文》。

或许他们的悲痛后面，还有一种释然的快乐吧。

6

王炎午和王幼孙都希望文天祥做一位视死如归的大英雄，文天祥为什么不早早地死呢？这多让人焦心啊。后来的历史学家也希望文天祥做一位视死如归的大英雄，一力断言《宋史·文天祥传》里的那段话是谣言——英雄怎么可以有做道士苟活的希冀呢？

文天祥死了，大家也就都放心了。

可是他们还是不懂英雄。英雄也会留恋生命，也会害怕死亡，如果有活下去的机会，他们也还是希望活下去，但是，他们有自己的底线。在底线之上，他们可以有种种彷徨；在底线之下，他们则义无反顾地决绝。

对于这样的文天祥，王幼孙之辈的催促是亵渎，他们的赞美也是亵渎。

说英雄，谁是英雄？

只有文天祥自己知道，他是如何战胜了内心的恐惧，克服了内心的留恋。只有文天祥自己才知道，他有多英雄。

（摘自《读者》2022 年第 9 期）

匠心躬耕在沙漠

李 婕

2019年3月1日,在中华全国总工会和中央广播电视总台共同举办的2018年"大国工匠年度人物"发布暨颁奖典礼现场,一位白发苍苍的老者尤为引人注目。他就是被誉为"壁画医生"的敦煌研究院著名文物修复师——"大国工匠"李云鹤。

从零开始奋斗拼搏

"万里敦煌道,度迹迷沙远。"在那片被三危山、鸣沙山怀抱在宕泉河谷地带的小小绿洲上,敦煌莫高窟与她的守望者们,相互召唤,彼此守候。86岁的李云鹤是那群守望者之一,他一守就是60多年。

1956年,为积极响应国家有志青年支援建设大西北的号召,李云鹤和几位同学从山东出发，一同踏上西去新疆的漫漫征程。途中因外祖父要去探望在敦煌工作的舅舅，所以在敦煌逗留了几日。未承想，这一留，就是一辈子。

时任敦煌文物研究所所长的常书鸿一眼就相中了这个"大高个儿"，他邀请李云鹤留下来。在夹杂着沙尘的凛冽寒风中，李云鹤从打扫莫高窟洞窟卫生做起。即使数九寒冬，这个拉着牛车一趟趟来回清理积沙的山东小伙子也经常是满头大汗。3个月后，李云鹤成为当年全所唯一转正的新人。

转正第二天，常所长把李云鹤叫到办公室："小李，我要安排你做壁画彩塑的保护工作。虽然你不会，但目前咱们国家也没有会的人，你愿不愿意干？"

"我愿意学着干！"李云鹤高声回答。

壁画空鼓严重，几平方米的壁画会忽然如雪花般飘落；起甲的壁画纷纷脱落，一千年前的斑驳色彩湮没于尘埃；满窟的塑像东倒西歪，断臂中露出朴拙的麦草束……李云鹤看着这些，很是心疼，总想做点什么，但不知从何做起，常常急得手足无措。

1957年，国家文化部邀请捷克斯洛伐克文物保护专家约瑟夫·格拉尔到敦煌474窟做修复实验，李云鹤得知消息后欣喜若狂，主动请缨担任助手一职。他仔细留意这位外国专家操作的每一个工艺细节。然而，格拉尔修复壁画时所使用的技艺和材料始终对中国人保密，他所采用的欧式壁画修复方法对敦煌石窟的病症并不十分适用，修复过的壁画开始出现胶水渗漏、地仗龟裂、纹理粗糙等现象。

资金匮乏，材料紧缺，李云鹤和同事打破局限，就地取材。他们去窟区树丛寻找红柳死木做骨架，将宕泉河的淤泥晒干制成质地细腻的澄板土,加水和成"敦煌泥巴",反复揉捏,制泥上泥,最关键的一步就是对细枝末节的打磨。

怎样才能有效控制用胶量?李云鹤将格拉尔修复壁画时用过的医用注射器随身携带,没事儿就拿出来琢磨。有一天,院子里的小孩正捏着血压计上的气囊玩,他突然茅塞顿开。他用糖果换来了小孩手里的"小气球",安装在注射器上。他欣喜地发现,修复剂可以酌量控制了——困扰他们许久的胶水外渗难题解开了。

李云鹤还找来质地细腻、吸水性强的白纺绸做按压辅助材料。他不断研究摸索,将自主合成的修复材料放在炉子上烤、冰面上吹晒。洞窟里光线不好,他就用镜子将阳光反射进洞窟,再借白纸反光修复壁画。

时至今日,李云鹤用"土办法"改良过的修复工具,依然是敦煌文物保护界的"王牌武器"。

在荒芜中"起死回生"

20世纪60年代,在所长常书鸿的帮助下,李云鹤开始跟着敦煌的"活字典"史苇湘学线描临摹,跟文研所第一位雕塑家孙继元学塑像雕刻。

1961年,李云鹤迎来人生中的第一个修复任务——161窟墙皮严重起甲,稍有响动,窟顶和四壁上的壁画就会纷纷掉落。常书鸿对李云鹤说:"161窟倘若再不抢救,就会全部脱落。你试试看,死马当成活马医吧。"

洗耳球、软毛刷、硬毛刷、特制黏结剂、镜头纸、木刀、棉花球、胶辊、喷壶……李云鹤把所有能想到、能找到的工具都拿来琢磨;表面除尘、二次除尘、黏结滴注、三次注射、柔和垫付、均匀衬平、四处受力、二次滚压、分散喷洒、重复滚压、再次筛查、多次起甲修复……这个喜欢跟自己较劲的年轻人，硬生生凭着自己的努力，摸索出一套完整的修复方法！

3年后，这座濒临毁灭的唐代洞窟在李云鹤手中"起死回生"。没有受过任何专业修复训练的李云鹤，完成了敦煌文物研究所历史上自主成功修复的第一座洞窟，奠定了敦煌壁画修复的基础！

时间仿佛在窟区凝固，他似乎已穿透壁画，听到了古代工匠的心跳，与千年前的画师共诉笔下的庄严美好。

285窟可谓莫高窟中最富有修行意味的洞窟。藻井众神俯瞰苍生，四角异兽威震八方，印度画风安详俊逸，敦煌飞天雍容潇洒，所有的优美空灵在壁画中永久定格。

一天，李云鹤和另一个同事正站在几根木头搭成的架子上揭取修复，突然，一大块壁画砸下来，整个架子瞬间坍塌，他们俩也从两米多高的地方摔了下来。"护好壁画！"李云鹤的第一反应是把壁画紧紧护在怀里。壁画丝毫未损，李云鹤的双臂却在洞窟石壁上擦出了道道血印……

于传承中铸就中国荣耀

几十年中，李云鹤首创"空间平移""整体揭取""挂壁画"等多种壁画修复技法。

220窟甬道壁画重叠，曾有人为看色彩鲜艳的晚唐五代壁画，故意将表层的宋代壁画剥毁丢弃。

"文物也是有生命的啊！"李云鹤气愤地说。

李云鹤带着学生想办法对甬道进行整体搬迁。他将表层的宋代壁画小心剥离，原样移接在底层唐代壁画旁边。一侧古朴，一侧鲜丽，仅6平方米的甬道，竟然使两个朝代跨越百年，在同一平面相逢。

1994年，青海塔尔寺大殿墙体上的古代壁画遗留亟须保护。如果按照分块揭取的老办法将壁画全体剥离，等新墙建好再一块一块贴回去，那么，这幅140平方米的壁画将至少产生5平方米的损失。李云鹤对着数据反复琢磨，终于大胆决定：整体提取壁画！李云鹤先根据墙体尺寸制作模型，施工人员一边拆墙，他一边将壁画剥离固定到模型上。等墙拆完，壁画也全部重新贴好了。这项"毫发无伤"的大工程，唯一的消耗仅是几平方米的木材。

保护第一，修旧如旧，"壁画医生"李云鹤实现了文物修复的最高目标。

60多年来，李云鹤走访了全国11个省市，帮助国内26家文物单位进行一线修复和技术指导，经他修复的壁画达4000余平方米。

匠心呵护遗产，一代代人接续奋斗。在澳洲留学5年的李晓洋，放弃留在国外的机会，毕业之际选择回到爷爷身边，回到敦煌。李云鹤说："我的孙子是学装饰专业的，本来不想接我的班，但在我的劝说下终于改变了主意。我对他说，我们保护的是祖先留下的文化遗产，是在做一件有意义的事情。"

（摘自《读者》2019年第21期）

另外一个道士的故事

邢耀龙

1

榆林窟是隐于戈壁深处的一颗明珠,在南山的怀抱里安然酣睡。清晨,道长楼里传出一阵绵长的咳嗽声,榆林峡谷曲折而粗粝的崖壁,能让老道长听到自己咳嗽声的3次回音。那个瘦弱的黑色背影,已经在榆林河畔守了半个世纪,他就是榆林窟的郭老道。

1896年,王道士来到莫高窟的前一年,张掖市高台县南华乡一个破败的村庄里,有一个男婴出生。他本名叫郭永科,7岁时父亲就去世了,为了活下去,他只好去地主家当短工。1926年,为了躲避抓壮丁,郭永科一边逃难,一边打短工,一直逃到了踏实堡(今甘肃省瓜州县锁阳城镇）。榆林窟位于踏实堡外近 30 公里处，此时的石窟由一位名叫马荣贵的道长看护，郭永科觉得当道士总比当短工强一点儿，为了有更好的生活，他打算拜马荣贵为师。郭永科常常在农闲时前来侍奉马道长。前后 3 年，马道长被他的坚持所感动，正式收他为徒，并赐道号"元亨"。

对比郭元亨与王圆箓的命运，同样是贫民的身份、家破人亡的遭遇、逃难的经历、当道士并守护敦煌石窟的选择，他们 40 岁之前的经历何其相似。然而，两个人后来的命运和在历史上的评价却截然不同。

此后的日子，郭元亨师徒几人住在榆林窟旁边平坦的蘑菇台子上，种着几十亩薄田，安稳度日。然而，马荣贵的内心从未安稳过，因为他怀揣着一个巨大的秘密。这个秘密关乎榆林窟前后几代道长守护在这里的意义，已经年迈的他十分担心自己一旦遇害，几代守窟人的心血将化为泡影。是时候选择一个新的继承人了。马荣贵看中了郭元亨，于是就在榆林窟道长楼的密室里给这个亲传弟子讲起了象牙佛的故事……

2

乾隆年间，额敏和卓返回新疆后，各族人民迁入瓜州，有一位名叫吴根栋的出家人云游到了榆林窟。此时的榆林窟已经被荒置了 300 余年，窟前的房屋衰破不堪。吴根栋四处化缘，终于筹得资金，雇来劳力清理洞窟里的积沙。在清理出榆林窟第 5 窟唐代涅槃大佛的同时，他在佛头位置发现了用黄绫层层包裹着的稀世珍宝象牙佛。

传说，这件国宝是玄奘经过瓜州时，为感谢石槃陀等人帮助他取经的恩情而留在瓜州的。在明代嘉峪关封闭之后，供奉在榆林窟里的象牙佛就销声匿迹了。

榆林窟发现象牙佛的消息成为整个河西地区宗教界的大事，百姓认为这是佛陀显灵，榆林窟从此香火旺盛。

1807年，吴根栋在榆林窟去世。在这之前，他将象牙佛传到了杨元道长的手中。

1873年，被左宗棠赶出陕西的地方武装进犯瓜州。他们在经过河西走廊的时候听说了国宝象牙佛，就绑架了杨元道长，严刑逼问象牙佛的下落。杨元道长誓死不说，被残忍地杀害于榆林窟西崖的木楼中，成为因保护象牙佛而牺牲的第一人。

杨元道长的弟子李教宽为了完成师父交给他的使命，怀揣着象牙佛，连夜离开了榆林窟，没有人知道他的去向。

第三代榆林窟的主持道长严教荣是李教宽的师弟。为了寻找象牙佛，他一直苦苦打探李教宽道长的去向，终于从一个金塔县来的老香客那里知道了李教宽后来的故事。

李教宽出走后，为了躲避土匪，一路化缘来到左宗棠主政的肃州（今酒泉市）。李教宽隐居在肃州南山，死里逃生的他不幸染上恶疾。李教宽觉得自己命不久矣，只得将师父舍命守护的象牙佛托付给朋友盛居士。盛居士的同乡梁贡听闻此事，认为佛宝应该供奉于佛寺，所以力劝盛居士将象牙佛供养在金塔县的塔院寺。

1904年，严教荣将象牙佛迎回了榆林窟。看着花费大半生找回来的象牙佛，严教荣十分担心它再一次被人盯上，80多岁的他已经没有精力保护它了，于是就把这项任务托付给了徒弟马荣贵。之后，抢夺象牙佛的惨剧再次在戈壁里上演。严教荣收留的金客（瓜州金矿存量丰富，古代常有偷偷进山采矿的人，被称为"金客"）贪图象牙佛，拿刀逼问他象牙佛的所在，严教荣守口如瓶，金客一怒之下杀死了严教荣，抢走他身上的银两之后逃之夭夭。严教荣成为因守护象牙佛而牺牲的第二人。

守护象牙佛的重担落到了马荣贵的肩上。在清末的乱世之中，整个国家都面临着被蚕食的命运，在匪徒横行的南山地区，榆林窟的道长们孤立无援。马道长深知"匹夫无罪，怀璧其罪"的道理，于是，他大张旗鼓地向官府报了案，谎称象牙佛已经被金客抢走。

收了弟子郭元亨之后，马荣贵觉得自己终于可以把肩头沉重的担子交给他了，就在榆林河畔详述了象牙佛的前世今生。马荣贵把象牙佛交给郭元亨保管，并嘱托他："不到太平盛世，不可让象牙佛现世。"每一任榆林窟的道长将象牙佛传给自己的弟子时都于心不忍，因为死神的镰刀也会悬在最疼爱的弟子的头顶。污浊恶世之中，象牙佛就像催命符。

觊觎国宝的土匪们依然贼心不死，他们在马荣贵前往昌马镇的路上截住他，逼他交出象牙佛。马荣贵深知在劫难逃，趁土匪不注意，飞身跃下悬崖，成为因守护象牙佛而牺牲的第三人。

郭元亨闻知此事后悲痛欲绝，但他来不及伤感，赶紧在山里找到一处高悬的老鹰窝，将象牙佛藏了起来。

3

郭道长后来找到了师父的尸骨，将他安葬之后，继续回来守护榆林窟。与此同时，中原大地上掀起了一场惊天动地的革命。

中国共产党领导的工农红军已在神州大地上燃起熊熊烈火。1936年10月，红四方面军西渡黄河，配合红一方面军共同发起宁夏战役。然而，国民党军胡宗南部提前打通了增援宁夏的道路，隔断了黄河两岸红军的联系，宁夏战役被迫中止。

为策应黄河以东红军的行动，红四方面军位于黄河西岸的2万余人组成红军西路军，由陈昌浩、徐向前率领，于1936年11月翻越乌鞘岭，挺进河西走廊。1937年3月，在与国民党军阀马步芳、马步青的部队艰苦作战4个多月后，历经了古浪、永昌、临泽、高台、倪家营子、康隆寺等大大小小70多场敌众我寡、力量悬殊的战役后，红军西路军伤亡惨重。

　　为了躲避国民党的围剿，红军西路军左支队穿着单衣，踩着草鞋，钻进了白雪皑皑的祁连山。经过43天的艰苦跋涉，他们终于走出雪山，在石包城的牧民诺尔布藏木的引领下，沿着榆林河，来到了郭元亨修道的蘑菇台子。

　　1937年4月22日，郭道长晨起锻炼，望见河滩上有人爬上来，他们一个个面黄肌瘦，眼睛因长期缺盐而泛着绿色。郭道长吓得急忙关上了院门。从门缝里偷偷观察的时候，院门外的一幕让他惊呆了。他看到一群瘦弱的年轻人，整齐地排列在荒滩上，像榆林窟前的一排胡杨；他看到灰色的军服被西北风撕裂成一条条的碎布，风中的战士却安静得像磐石。

　　郭道长被散兵游勇折磨怕了，他战战兢兢地请敲门的战士进屋，奉茶作揖。连长见状赶忙扶起郭道长，向他讲明了战士们的来历。郭道长这才知道，这支队伍的名字叫"红军"。

　　饱受军阀、兵痞、土匪凌辱欺负的郭道长，第一次见到这样秋毫不犯的士兵，看到这样的队伍，他觉得师父所说的太平盛世即将到来，象牙佛出世也有望了。他握着程世才将军的手激动不已，连忙吩咐徒弟搬出道观里的存粮。他支援了左支队小麦960斤、黄米250斤、面粉200余斤、胡麻油30斤、硝盐4口袋以及羊20只。

　　程世才将军请参谋将郭道长所赠之物一一记录下来，写成一张欠条，并签上自己的姓名。他告诉郭道长，不管未来局势怎样，也不管这一路自己能否活下来，只要红军西路军有一人生还，只要革命的火种不灭，未来就一定会有革命队伍再次来到这里，到时只要出示这张欠条，人民的军队就一定会帮助他。

那时，国民党沿河西走廊一路搜捕流散在乡间的红军西路军战士。当他们听说郭道长曾援助过红军西路军时，便派兵包围了蘑菇台子。兵痞们搜出了借条，将借条撕成碎屑后，开始严刑拷打郭道长。此前，这群人在安西（今瓜州）县城就听闻榆林窟藏有绝世瑰宝象牙佛。他们先是当着郭道长的面残忍杀害了他的弟子，见郭道长仍然不吐露象牙佛的所在，就扒光他的衣服，把他捆绑在榆树上，用马鞭一次次在他干瘦的身体上抽出血花。郭道长一次次昏死过去，又一遍遍被凉水浇醒。

在残忍的拷打之下，郭道长也没有说出象牙佛的下落。兵痞们觉得一个普通老百姓肯定受不了这个苦，看来这里真的没有象牙佛。眼看着这个老道士奄奄一息，兵痞们就把他扔在了河滩上。他们将蘑菇台子仅剩的一点儿粮食和钱财搜刮一空后，又在榆林窟损毁若干精美的壁画，然后扬长而去。

也是郭道长命不该绝，他被路过讨水喝的乡民发现后救下。也许是守护象牙佛的使命还没有完成，郭道长凭着强大的求生意志活了下来。然而，他后背的肌肉大部分僵死，左胳膊萎缩残废，身上更是不见一处完整的肌肤。

劫后余生，郭道长并没有因担心自己的性命而离开榆林窟，而是再次回归守窟的生活，耕田除草，诵经悟道。也许是因为见过了红军，郭道长对自己帮助过的这支军队怀有坚定的信心，他一直在茫茫戈壁里等待着中国共产党军队的再次到来。

4

1941年，郭道长伤愈一年后，荒凉的戈壁里，终于有一个人来陪他说说话了。这个人就是张大千。

张大千来到榆林窟，当他见识到榆林窟中唐第25窟和西夏第2窟等洞窟的壁画之后，惊为神来之笔。张大千在醉心于精妙壁画艺术的同时，也不忘从郭道长处打听象牙佛的消息。张大千提出愿用2000块大洋买下象牙佛，郭道长深知象牙佛是榆林窟历代守窟人用生命守护的至宝，绝不是自己的收藏，他连死都不惧，金钱自然打动不了他的心。他婉言谢绝了张大千的提议，并一再表示自己从未见过象牙佛，张大千只好作罢。不久，时任国民党监察院院长的于右任在张大千的陪同下来榆林窟视察，他以国家的名义向郭道长打听象牙佛的踪迹，郭道长仍然用回答张大千的话回复了他。

自红军走后，郭道长等了十年，河西走廊依旧是军阀当道、土匪横行。更令他焦虑的是，经历酷刑之后的身体一天不如一天了，他的弟子已经被兵痞杀害，所以急需物色一个新的弟子来继续守护象牙佛。但因为人人都知道郭道长的惨痛经历，周边的乡民都不愿意让自己的孩子因为当郭道长的弟子而招来杀身之祸。郭道长只好独自守着榆林窟。

郭道长本以为自己只能带着象牙佛的秘密入土，而他期待的红军终归没有让他失望。1949年9月28日，中国人民解放军接管了安西县城，开始组建新的安西县政府。郭道长听说安西县城里现在驻守的是中国共产党的军队，中华人民共和国马上就要成立了，他感到师父说的太平盛世就要到来了。

1950年3月的一天，郭道长从榆林河里打来清水，好好洗了一个热水澡。当他抚过沟壑纵横、疤痕无数的后背时，不禁放声大哭。自从师父过世后，他孤身一人在榆林窟咬着牙坚守了近20年，这一刻，他终于可以放下重担了。洗完澡之后，他穿上珍藏多年的新道袍，拄杖徒步到踏实乡政府，报告了自己埋藏象牙佛的事。

3月的榆林窟依然寒风刺骨，郭道长带着政府工作人员来到秘藏国宝的鹰窝旁。郭道长颤颤巍巍地刨开鹰窝里的砂石，从里面取出一个锈迹斑斑的铁盒，他小心翼翼地揭起铺满盒子的黄绸一角，一尊精美绝伦的象牙佛在晨光中泛着圣洁的光泽。

象牙佛出世之后，由于安西县没有专门的博物馆，所以当地短暂保存之后，在1954年将其转交给甘肃省文物管理委员会。1956年，象牙佛被收藏于甘肃省博物馆，1958年又被移交到中国国家博物馆。直至今日，象牙佛作为国家禁止出境文物，一直被保存在中国国家博物馆的文物库房里。

1976年，80岁的郭道长守护榆林窟已整整50年，7月18日，他在榆林窟溘然长逝。他的墓就在今天锁阳城遗址的东侧，他的精魂仍旧守护着瓜州城。

最后，我们可以对比一下守护敦煌石窟的两位道士。

王道士守护莫高窟，他在莫高窟的一系列开创性的活动，使莫高窟进入了有人看管的历史，也使莫高窟有了基本的保存条件。但是，他发现藏经洞之后，各国探险家纷纷来到敦煌，造成中国文物的大量流失。自此，王道士的功过之争在历史上纷纷扬扬，难有定论。

郭道长守护榆林窟，他用一生坚守自己的责任，即使多次面对濒临死亡的绝境，依然不向匪寇低头，用生命守住了象牙佛。但他的故事鲜有人知，就如同他守护的榆林窟一样，安然地隐于戈壁深处。

1943年，张大千再临榆林窟，他每次来几乎都会拜托郭道长为他准备饭菜。这次做饭时，有一个名叫常书鸿的中年人给郭道长打下手，后来两个人从做菜的伙伴变成了守护石窟的战友。郭道长仙逝之后，常书鸿不仅派人接管了榆林窟，也继承了170年的守护精神，发展到今天，成就了敦煌文保工作者的"莫高精神"。

（摘自《读者》2023年第21期）

74年后的"相聚"

阿 一

田发春的骨灰坛被一块红绸布裹着,挂在抖音寻人项目的志愿者刘德文身前。

他们搭火车从高雄出发,到台北后改乘飞机,越过海峡,落地北京。这条回家的路,田发春"走"了74年。

陵园里的红绣球

田发春的骨灰抵京第三天,在朝阳陵园的一处双人墓穴前,刘德文拿出准备好的红绣球,系在墓碑上。

时隔74年,田发春和妻子葛秀珍终于团聚——以合葬的形式。

两个人在20世纪40年代结为夫妻。那个年代,有太多仓促的告别。

1948年，田发春作为空军部队的文书士官，接到命令赶赴台湾。然而，人生的际遇哪是人能估算的。田发春离开时，儿子只有8个月大，等到他的音讯再次传回大陆，儿子已经完婚。

1981年10月，时隔33年，葛秀珍收到一封田发春的书信。收信地址是她结婚时的住所，但她已经搬家多年，信是派出所通过户籍信息转寄的。几百字难以尽述几十年的分离，但两个人终于恢复了联系。

从1981年到1987年，田发春陆续从台湾寄来20多封家书。一封信寄来，全家人轮流看，分别写回信。来回的信件要经过美国中转、抄写，辗转多日，有时回信刚寄出，新的信又来了。

据信中所记，田发春为了回家曾试图借道美国和南美洲的一些国家，但出于种种原因，始终未能成行。虽然如此，一家人心里都存着期待：只要人在，总会团圆。

1987年10月15日，台湾开放探亲，3天内，返乡登记人数破3万。按照计划，第一批返乡老兵将于当年12月出发，田发春是其中之一。

彼时，田发春逢人便说，自己要回家了，还四处打听应该带什么特产。然而，就在回家的前一天晚上，他骑着自行车外出购买伴手礼时，遭遇了车祸。

据在场的乡民说，他被送到医院时，意识还清楚，对赶来的朋友说："我不甘心。"很快，他就说不出话，只能躺在那里流眼泪。抢救持续了一夜，田发春还是倒在了天亮之前。

那一年，田念春4岁，对爷爷的离世没有具体的记忆，只隐约记得当时家中，似乎被巨大的悲痛笼罩着。

葛秀珍的煎熬又被命运延续。田念春记得，奶奶房间的桌子上，玻璃板下长年压着几张爷爷的照片，但人心上的褶皱总也压不平。

葛秀珍在去世前两年，已经有些糊涂，有时连身边的家人也认不出，但会突然说起自己结婚时住的老房子。

老房子在北京的后海一带，她很早便交代儿孙，待她百年，不要墓葬，要将她的骨灰撒到后海。田念春明白，奶奶不想孤零零地待在地底下。

2020年秋天，葛秀珍去世。殡仪馆寄存骨灰的期限是3年。田念春决定：以3年为期，他要将爷爷带回家。而全家人都不知道的是，在此之前，他已经为这件事努力了15年。

隐秘的红木匣

三四岁时，田念春开始对自己名字的含义好奇，从大人们的只言片语中得知，这是"思念爷爷田发春"的意思。长辈总是回避关于爷爷的话题，因为他们深知其中的沉重，也不想将这种沉重再延续到第三代身上。

田念春再次得知与自己名字有关的内容是在爷爷1983年2月7日写的家书中：

秀贞（珍）我妻、科儿、志坤，你们好！

好久没有给你们写信了，心中实在是常常惦念着你们。知道志坤快要生产，记住，不论生男、生女都好。若这封信赶得及，生男孩即取名为"念春"，生女孩取名为"思玉"或"忆芳"都可以。如果已经取了名字也好，请告诉我是什么名。

这封家书连同其他家书、照片，被装在一个红木匣里。

田念春发现红木匣后，追问过父亲几次，但父亲无外乎是两种回答：一种是"你不要打听了，没用"；另一种是"我也不清楚"。

就这样，爷爷成了家人们心中的"房间里的大象"，田念春不敢多提，却在心里种下了种子，独自开始了一场长达18年的暗中寻找。

消失的顶六净园

田发春去世后，后事是乡邻帮忙在当地料理的。乡邻也给田家人寄去了书信和葬礼的照片。

据信中所记，田发春的埋骨之处名为"顶六净园"。田念春曾托在台湾的朋友多方打听这个地方，均无下文。

2021年5月，田念春在台湾的朋友向他提起一个人——刘德文。刘德文是台湾祥和里社区的里长。"祥和里"最初是眷村，其中安置了大量1949年前后赴台湾的军人。

到20世纪90年代末，刘德文就职时，老兵们陆续身故。于是，他便有了另一重身份：抖音寻人项目的志愿者。自2004年起，他将200多位老兵的骨灰背回家乡。最多时，他一个月要跑3趟大陆。

刘德文收到田念春的请求后，仍然将顶六净园作为切入点。既然通过地图、导航等现代技术手段找不到，他就到田发春生前生活过的地方一点点打听。他前后询问了30多个人，最后只有一位80多岁的老人说，在周围的一座山上看到过一座牌楼似乎与此有关。

刘德文立刻沿着老人指的方向找过去。那是一个小山坡，杂草有一层楼高，站在坡底望去，看不到一丝墓碑的影子。他用棍子拨开杂草，勉强通过。随着他越走越深，忽然间，杂草丛中露出一座墓碑。

墓碑是当地村民立的，但刘德文起码可以确定这里有墓地。后来他才得知，这是一片私人土地，经过转手再转手，主人已经换了3位，渐渐地，就荒芜了。

彼时，暑热难耐。刘德文每天凌晨四五点就从高雄的家中出发，在太阳升起前赶到嘉义，却还是频频中暑。然而，更让刘德文难受的，是给田念春打电话的时刻。为了不给刘德文压力，田念春极少主动联络，基本都是刘德文打电话给他："念春，对不起，还是找不到，还是找不到……"

田念春对他说："没关系，不急，天凉一点儿再找。"

多年来与老兵亲属打交道，刘德文能感受到电话那头的期待与克制。他一边怀疑眼前的土地到底是不是顶六净园，一边加紧寻找其他线索。

在乡邻寄给田家人的葬礼照片中，一家名为"仙峰"的殡葬公司的电话引起了刘德文的注意。

电话号码距今已有30多年，刘德文也没想到还能打通。几经辗转，他联系到当时的老板，老板听到田发春的名字立刻有反应，称这位长者当年是由自己安葬的。

老板第二天便赶到小山坡，向刘德文确认这里的确是当年的顶六净园，还回忆起田发春的墓地的大致区域。

有了老板的讯息，刘德文不再犹疑，干脆请了4个工人一起割草。他和工人们顶着高温陆续割了几个月，雷雨天时也不放弃，他曾差点儿滚下山坡，但寻找仍然没有进展。

这样不惜力的寻找又持续了半年多。2022年3月下旬的一天，整个顶六净园都被翻找得差不多了，只剩最后一块区域。彼时，刘德文正坐在地上休息，忽然看到一行人走来，手上还提着祭品。

他赶忙上前询问对方，认不认识一位叫田发春的老兵。来人连说"认识"，还说他这一趟是来给父亲扫墓的。同时，因为知道小时候的邻居田叔叔在台湾没有儿孙，就想一并祭拜。

来人姓朱，他的父亲是田发春的同袍，也是邻居，安葬田发春时，他就在现场。

顺着朱先生回忆的方位，刘德文娴熟地控制割草机，很快开出一条路。路的尽头是一座墓碑，上书姓名：田发祥（田发春参军后用名）。

像许多客死台湾的老兵一样，墓碑上镌刻的故乡名称比自己的名字还要大，而墓碑角落镌刻的"儿田科""孙田念春"完成了家族史的最后匹配。

找到了

那天晚上，田念春正带着母亲和孩子在外吃饭，看到手机里有一通刘德文打来的未接来电。他当时就有一种预感，因为刘德文给他打电话一般是在白天，很少在晚上联络。他走到餐厅外面，回拨了电话。

"找到了。"

那一瞬间，喜悦、难以置信一齐在他心中翻涌。回到座位上，他跟母亲转述的过程反而非常平静。三两句讲完，母亲没有多说话，"好像在忍着那种感觉"。

至于到底在忍什么，又难以尽述，那是一种极为复杂的情绪。那顿饭的后半段吃得很安静，他们在嘈杂的餐厅中甚至能听到碗筷碰撞的声音。

将这个消息告诉父亲的方式，田念春细细琢磨过。"不用特意挑时间，有一搭无一搭地说，只要把信息传递过去就行了，千万不能当件正事说。"

那天，父母来看小孙子，田念春就顺势说了出来："我一直在请台湾的一个朋友帮忙找爷爷的墓，现在找到了。"说完，田念春转身走进别的房间，父亲的号哭声从身后传来。

根据眷村邻居朱先生的讲述，刘德文找到了田发春当年住所的位置。他将自己在当地收集的田发春的生平尽数转述给田念春。

在田念春40岁这一年，"爷爷"成为一个具体的人：爷爷常常临摹汉碑书法，而爷爷的大哥和二哥在书法上也颇有心得；爷爷喜欢喝酒，喝酒的时候，他总说想家；爷爷退伍后在村里与人合伙养鸡，但寄回家的照片总是西装革履；爷爷与人为善，许多乡邻都受过他的帮助，这也解释了葬礼的照片里为什么有那么多送别者……

10 块红绸布

2023年3月17日，刘德文为田发春举行了取骨仪式。

"如果再晚几年，可能就真的没了。"刘德文说。这种紧迫感一直萦绕着他。1996年，他和妻子搬到祥和里时，还有2500多位老兵在世。紧接着，老兵们快速凋零。最多的一年，他参加了120位老兵的葬礼。

现在，祥和里在世的老兵只剩不到20位，都在90岁以上。他们身体一天不如一天，但每到清明节，还是会燃起香火。他们朝着家乡的方向祭拜父母，那些斩不断的思念，那些绕不开的离别，淌满了海峡。

5年来，刘德文与抖音寻人项目合作，已成功助力110余位老兵落叶归根。

再过3年，刘德文就60岁了。背骨灰时间久了，肩膀会疼，但因为不再是一个人，他的脚步轻快了许多。

每次背老兵的骨灰回家，他都会用一张90厘米见方的红绸布包住骨灰坛,"像办喜事一样送游子回家"。他因此与布店老板相熟,老板每次见他来买红绸布,便知又有老兵可以回家了。

送田发春回家前,刘德文又出现在布店,老板熟练地裁好布,这一次,是 10 块。

(摘自《读者》2023 年第 11 期)

严济慈：科学之光

孙庆玲

文

严济慈爱写，文字也饶有趣味。他在书中这样解释"无绝对的大小"的量数：譬如"平均猫寿8年，那10岁的猫为上寿，但10岁的人，还是孩子"，"又如平均火车速度为每秒50尺，那每秒30尺的火车，必是慢车；但人能跑得这样快，定可在远东运动会夺锦标了"。

他在留法期间每隔几天就会写信给当时的未婚妻、后来的夫人张宗英，写成了一本《法兰西情书》。有年轻人拿着这本书"教育"自己的丈夫："看看人家大科学家怎么跟老婆说话的！"

严济慈写得最出色的应是他的学术论文。

他的博士论文《石英在电场下的形变和光学特性变化的实验研究》曾让巴黎学界震惊。在此研究基础上制作出的石英振荡片，可用于控制、检测无线电波的频率、波长，"好像一个电台的心脏一样"。

他凭此成为中国研究晶体压电效应的第一人。

1927年，在回国的船上，同要归国的徐悲鸿一眼认出了这位"名人"，并为他画下素描小像，誉其"科学之光"——这是个耐人寻味的评价。严济慈字慕光，从另一角度来说，科学也是他所追寻的光。

当时有句话讲，当官去南京，赚钱去上海，做学问到北平。1930年，二度留法归来的严济慈来到北平研究院。

严济慈担任北平研究院物理研究所所长，后来他写信从居里夫人那里讨要了些含镭的盐样品和放射氯化铅，又筹建放射学实验室和镭学研究所。

周末，有朋友来找他，张宗英就讲："他除了吃饭、睡觉在家，星期天也在实验室里。"

他在留学巴黎时也是这般。胡适曾感慨："慕光，你真不容易，在巴黎那个花花世界里还能做学问。"

严济慈答："也只有在巴黎闹市里还能做学问的人，才能成为真正的科学家。"

他写论文和写书一样，求"新"，"绝不能老是做人尾巴"，"不但要自己看出问题，还要自己想出方法去解决这个问题，更要自己创造工具来执行这个方法。这才是独立研究，这才可使中国科学独立"。

骨

"七七事变"的枪炮声从卢沟桥响起时，严济慈正在法国，不少法国朋友劝他留下来。"战火遍地，你现在回去又能干什么？"

严济慈从法国经越南辗转到达昆明。他要"和四万万同胞共赴国难"。

当时的昆明并不安宁。日军的轰炸机像吃人的秃鹫一般，三天两头在头顶盘桓，扔下一颗颗炸弹。严济慈把从北平迁来的物理研究所安顿在一处破庙里，完全转向战时工作，待敌机一走，大家就又回到所里继续磨镜头、镜片。

他和钱临照设计制造的中国第一台高倍率的显微镜镜头便是这样来的，其光学质量与外国名厂的产品不相上下。在这里制造出的500架1500倍显微镜被送至前线的医疗阵地以及科研机构，1000多具水晶振荡器被安装在无线电台、警报器上，300多套军用测距镜和望远镜被运往我国及印缅战场。

这也是第一批国产的光学仪器。

抗战结束后，严济慈很兴奋，他太盼望回到实验室做实验了。但他等来的还是战争。

1948年9月，蒋介石在南京请刚当选的"中央研究院"院士们吃饭，严济慈也在其中。有些不明身份的人找院士谈话，让他们去台湾。开完院士会，确有7人去了台湾，12人去了海外。严济慈则借故先回到昆明，后经转香港，在共产党的组织安排下经天津回到了北平。

1949年9月，郭沫若提出要严济慈参加中国科学院筹建的组织领导工作。

但严济慈仍想重回实验室，他说："一个科学家一旦离开实验室，他的科学生命也就从此结束了。"

"倘若我们的工作能使成千上万的人进入实验室，岂非更大的好事！"郭沫若的话打动了严济慈。

1949年10月1日，严济慈出席了中华人民共和国开国大典。张宗英说，他那天"高兴得跟孩子似的"。

在天安门的欢呼声中，中国的史册翻开新的一页，严济慈的人生也是。

真

走出实验室，严济慈有了很多新的工作和头衔：中国科学院办公厅主任、应用物理研究所所长、东北分院院长、技术科学部主任……后来，官至全国人大常委会副委员长。

他没什么"官样儿"。他的衣服不多，有的穿了二三十年。他经常用的笔，是20世纪50年代出国开"保卫世界和平大会"时发的纪念品。后来按照他的遗嘱，他生前积蓄的10万元捐作东阳中学严济慈物理学奖的基金。

他没什么"官架子"。在中国科学院技术科学部上任的第一天，他就在自己的办公室里摆上一张桌子，为当时在中国科学院兼职的茅以升"来办公创造应有的条件"，"要多向工程界、产业部门的专家们学习"。

二人当时住在长安街一南一北，又同是九三学社社员。每次茅以升来家里谈事，严济慈都会送他过长安街。"二位老者就在路边继续讨论，然后茅老会送爷爷再回长安街北侧，继续讨论。"到现在，严慧英还记得当时的情形。

晚年的严济慈也常被邀请参加各种学术会议，上午9点的会，他往往8点45分已到。有人担心他劳累，建议他早点离席，但他照样坐到会议结束。"你讲时要人家听，人家讲时你却可以不听，没有这个道理。"

见到自己的老师熊庆来,他仍"毕恭毕敬得像一位小学生"。"文革"期间,熊庆来蒙冤,很多人怕被牵连,严济慈仍每年去拜年。熊庆来过世,熊家后人给20多位学生打了电话,只有严济慈和华罗庚来了。为给熊老师平反昭雪,他还去找了胡耀邦。

家里的保姆常算不清账目,严济慈就帮她算;给孙子写信,严济慈都以"您"称呼,落款是"您的爷爷";在家吃饭,或回到东阳老家和大家围坐在一起吃饭,他定要等人都坐齐了才一起动筷子。

严济慈身上有文人的执拗,在是非面前也很"较真儿"。

20世纪70年代末80年代初,社会上冒出些"耳朵认字""穿墙透壁"等伪科学之说,他是最早置疑的,觉得这些"特异功能"大有"变魔术"之嫌。

他在报纸上看到我国有关部门准备与某国签订合同,为其处理核废料并在我国予以埋藏,以换取资金来发展我国的核电工业,便连夜上书反对。

李政道在写给严济慈90寿辰的贺信中写道:"有真人而后有真知。"

师

60多岁的严济慈讲物理课,教室总是满的,能装下二三百人的阶梯大教室里还有很多人站着,"连外校的学生和助教也慕名赶来听课"。学生为抢到前排的好位置,早早去占座,以至4个系的班长不得不排出一张座位表,前后、左右两个方向同时滚动,就像排球比赛的换位。赵忠贤、白以龙、郭光灿、王震西、陈立泉等两院院士就曾坐在台下。

讲台上的严济慈总"不按常理出牌",不按教材,常常从中间讲起,或者从末尾讲起。他反对照本宣科,强调生动有趣,他认为讲课是一种科学演说,教学是一门表演艺术,一个好的教师要像演员那样,上了讲台就要"进入角色""目中无人"。

中国科学技术大学迁往安徽后,中国科学院在北京的旧址上创建了新中国第一所研究生院,严济慈出任首任院长。

他把研究生院办成一所"没有围墙的学校"。在他的坚持下,在"文革"中受到审查的李佩走上讲台;在他的邀请下,李政道、杨振宁等国内外著名学者来校讲学,"济济一堂,极一时之盛"。如今,这一研究生院已更名为中国科学院大学,被称为"专门培养科学家的地方"。

他创办了我国第一个"少年班",并建立起授予学士、硕士、博士学位的完整教育体系,他提倡教学和科研要结合起来,实现教学相长。

在没有托福、GRE(美国研究生入学考试)的时代,严济慈和李政道联合发起中美联合招考赴美物理研究生计划,推开了改革开放后中国学子赴美留学的那扇门。

严济慈鼓励青年要"勇于好高骛远,善于实事求是","如果一个青年考进大学后,由于教学的原因,一年、两年、三年过去了,雄心壮志不是越来越大,而是越来越小,从蓬勃向上到畏缩不前,那我们就是误人子弟,对不起年轻人,对不起党和国家"。

家

严家又被称"小科学院",历史学家周谷城曾为其题诗:"五子登科开学运,一家小院有科名。"

严济慈的长子严又光自清华大学数学系毕业,之后在军事国防领域从事科研工作；次子双光从南开大学毕业，在"文革"中被迫害致死之前，是国防工厂副总冶金师；第三子三光夭折；四子四光自燕京大学政治系毕业后，担任中国社会科学院美国研究所研究员；五子武光从北京大学物理系毕业后留苏，后为中国科学院高能物理研究所研究员；六子陆光从苏联莫斯科动力学院电力系毕业，曾任中国科学院电工研究所所长、研究员，于1991年当选院士。

严济慈一直认为，孩子的事，做父母的不必多管。但儿孙身上有严济慈的影子，"严家兄弟闲时的消遣和父亲差不多，都喜欢读书做题，尤其是外语和数学题"。

"你说知识和学问有什么不同？"严济慈问从莫斯科留学归来即将参加工作的严陆光。

严陆光愣住了。严济慈说："人生有不同的阶段。学生时代主要是增长知识，这些知识有没有用都没关系。你现在要走向工作岗位，这是人生的另一个阶段。工作的成就关键在于你有没有学问，学问就是能够用你的知识解决你需要解决的问题。"

平日里，孩子的教育多由张宗英负责。张宗英是东南大学的第一位女学生，著名教育家张鹤龄之女。子女曾说，如果不是因为他们，张宗英或许会成为一名科学家或社会活动家。

严济慈在写给张宗英的信中说："回想起这廿五年来，对不起您的地方太多了。总之，是牺牲了您，成就了我。我的成功是假的，您的牺牲是真的。我不知道该如何来补救一些。"

1984年，张宗英病逝，严济慈把她的一半骨灰带回家。"旁人一点看不出他的悲伤"，丧事过后几天，他便照常上班。但后来两次搬家，张宗英的纪念室和遗物都是严济慈亲自安排。二人的信件、严济慈每到一处寄给张宗英的明信片，都被保存至今。

餐桌上张宗英的座位也一直空着，即便逢年过节来吃饭的人多了也仍如此。此前，他们二人一直相对而坐。

后来，家人才知道，"他每天早晨起来，首先在母亲的遗像前三鞠躬，然后在遗像旁坐三五分钟，才开始一天的活动"。这一习惯，一直维持到他96岁时住院、昏迷、去世。

最后，二人合葬，墓地上长着一棵"双生树"，从根部伸出的两根枝干比碗口还粗，树下的墓碑上刻有4个大字——科学之光。

（摘自《读者》2021年第9期）

用生命转动"至强之光"

陈彬 张超

20世纪70年代的一天,长沙下着大雨。在长沙火车站附近的一处建筑工地上,避雨的工人看到一个年过四旬的中年人,冒着雨来这里捡拾工地上的大理石废料。

看到这个人一次次在雨中摔倒、爬起,工人们既感动,又有些于心不忍,于是纷纷冒雨帮他装车,又把他送出很远。

正如这群工人所知道的,这个在雨中频频向他们道谢的中年人,的确是一个高级知识分子。但他们或许永远也不知道,就在这些废料搭建起的平台上,这个人带领同事们,经过半个世纪的努力,为中国的强国梦、强军梦点亮了一双眼睛。凭借它,我们的武器可以打得更准,我们的卫星可以看得更清楚,我们的潜艇可以航行得更远……

这一年,刚刚开始激光陀螺研究的高伯龙,正醉心于寻找适合做光路系统的支撑平台。那时，他的身份是国防科技大学的一名教授。几十年后的今天，人们更愿意尊称他为"中国激光陀螺奠基人"。

破解钱学森"密码"的人

激光陀螺又叫环形激光器。它利用物体在惯性空间转动时，正反两束光随转动产生频率差的效应，可以在加速度计的配合下，感知物体在任意时刻的空间位置。现代战争中，以激光陀螺为核心部件的自主导航系统，可以不受各类通信系统的限制，精确制导对目标实施打击。因此，激光陀螺也被誉为现代高精度武器的"火眼金睛"。

时间回到20世纪70年代初。彼时，美国率先在激光陀螺领域取得突破，并在世界上引领了一轮激光陀螺的研制热潮。在国内，钱学森敏锐地捕捉到激光陀螺的巨大价值和应用前景。1971年，他将两张写着激光陀螺简单原理的小纸条，交到国防科技大学，并指示学校加强研究。

然而，要依据纸上的描述造出实物，这无异于让一个从未见过火箭的人去设计登月火箭。这两页纸所代表的难度，堪称世界级"密码"。谁是那个破解钱学森"密码"的人？他就是高伯龙！

高伯龙1928年生于广西岑溪。1947年，不到20岁的他考取了清华大学物理系。1951年毕业时，他被评为清华大学物理系当届两名优秀学生之一。

毕业分配时，高伯龙希望进入中科院近代物理研究所从事理论物理研究，这是他所热爱和擅长的方向。但最终，他被分到中科院应用物理研究所。3年后的1954年，高伯龙进入哈尔滨军事工程学院，担任物理教学工作。

这样的生活，一直持续到20世纪60年代。

此时，在大洋彼岸的美国，世界首台红宝石激光器和首台氦氖红光激光器相继问世，引发了世界光学领域的一场革命。在激光发明之初，将激光应用于精确定位导航的设想便已经产生，也引起了包括我国在内的世界各国科学家的普遍关注，人们纷纷开始进行"环形激光器"的研制工作。

1971年，在钱学森的建议下，高伯龙调任由钱学森倡导成立的国防科技大学激光研究实验室。从此，已经过了不惑之年的高伯龙，将他的人生与激光陀螺紧紧地绑定在一起，直到生命的尽头。

20年苦坐"冷板凳"

初到国防科大，高伯龙面对的第一个重大难题，便是破解钱学森"密码"。好在凭借极为深厚的数理功底，高伯龙通过大量计算，反推出激光陀螺的若干关键理论认识和结论，并提出了我国独有的、完全没有任何成功经验可借鉴的四频差动陀螺研制方案。

同年，在全国激光陀螺学术交流会上，进入该领域不到一年的高伯龙一语惊人——依照我国目前的工艺水平，如果继续效仿美国，10年内都不可能有所突破，只有四频差动陀螺因为降低了工艺难度，最有可能实现！

此言一出，四下哗然，一个"新人"凭什么口出狂言？但高伯龙用扎实的理论和精确的计算说服了与会的众多专家。

理论问题解决后，工艺难题如连绵高山，高伯龙开始了长达20年的攀登。几乎每一次攻关都是从零开始，直到1984年，根据该理论完成的实验室样机才通过鉴定。

然而就在此时,一个突发状况再次让高伯龙面临巨大的质疑——由于美国彻底放弃同类型激光陀螺研制,有人便议论:"国外有的你们不干,国外干不成的你们反而干?"

对此,高伯龙的回答很干脆:"外国有的,先进的,我们要跟踪,将来要有,但并没有说外国没有的我们不许有。"

10年后的1994年,全内腔四频差动激光陀螺工程样机最终通过鉴定,证明了高伯龙所言非虚。

从1975年到1994年,高伯龙在"冷板凳"上苦坐20年,终于以我国自主研制的激光陀螺,完美破译了钱学森"密码"。此时,高伯龙早已到退休的年纪,但他又盯上了新的高地——新型激光陀螺。该型陀螺能消除损耗和温度敏感性等不利因素,正是瞬息万变的战场环境所需要的。由于外国对此型陀螺的技术严格封锁,国内资料有限,高伯龙所见到的只有一张它的图片。

这张图片让高伯龙思考了很久。当时国内的工艺能否满足其研制要求?他伏案写算,耗尽心血设计出一种降低工艺要求的全新方案。

在研究该型陀螺的同时,高伯龙将目光投向激光陀螺最主要的应用领域——组建惯性导航系统,即在原有的导航系统上加装转台,使其旋转起来,否则导航系统无法满足长时间、高精度的惯导需要。这个方案又是一个无经验借鉴的"中国特色",在一场专为旋转式惯导系统召开的专家研讨会上,与会专家大多持否定态度。

对此,高伯龙的反应是——继续干!70多岁的他义无反顾地带领学生从零开始。在他的悉心指导下,国内首套使用新型激光陀螺的单轴旋转式惯性导航系统面世。几年后,具有一定工程化的双轴旋转式惯导系统面世，精度高居国内第一。

研究工艺的博士生

说来可能让人有些不敢相信，作为我国激光陀螺领域的开拓者，高伯龙在几十年的科研和教学生涯中，招收的博士生只有20人左右，这其中，最终只有15人拿到了博士学位。

"能不能解决实际问题，是老师衡量我们学术水平的重要标准。"受访中，高伯龙的博士生、国防科技大学副研究员王国臣说。高老师考查学生，最关键是看研究的结果是否能解决实际问题，看实际问题是解决了一部分还是全部，如果没有完全、彻底地解决问题，那是绝不能过关的。

为了让学生的科研项目落到实处，他不惜让这些整天研究高精尖技术的博士生，成为"蓝领"。

国防科大教授龙兴武就曾被高伯龙"下放"到工厂。为了解决激光陀螺样机的精度问题，高伯龙安排当时正在读博的龙兴武专门从事相关工艺技术的研究。刚开始，龙兴武有些不解：一个博士生去研究工艺，是不是有点大材小用？但怕高老师生气，他没有提出自己的疑惑，决定先试一试。

经过大量走访调研，龙兴武发现，工厂制作工艺水平低下，是影响激光陀螺精度的重要原因，也是制约项目进展的瓶颈。他渐渐明白了老师这样安排的用意，决定投身到这项具有非凡意义的课题中。最终，他成为该领域的专家。

"一定要满足武器型号需求！这是高院士带着我们技术攻关时，反复叮嘱的一句话。"高伯龙的另一位学生国防科大某系主任罗晖一直谨记导师的教诲。时至今日，每款陀螺设计完成之后，团队都会让其经过恶劣环境的检验，确保陀螺在强震动、大冲击环境下依旧能够保持高精度性能，提升部队战斗力。

"在武器装备上好用、管用、顶用，是国防科大激光陀螺长期拥有好口碑的秘密所在。"罗晖说。

迄今为止，我国也成为世界上唯一一个把平面结构四频差动激光陀螺运用到武器装备上的国家。

他的魂还在

激光陀螺的光芒闪耀，但高伯龙自己的生命之光却在2017年12月6日这一天，永远地熄灭了。

进入激光陀螺领域时，高伯龙已近知天命之年。彼时，国内基础工业力量薄弱，连一个超精抛光水平的镜片都做不出来。"正是这样，我们才更要坚持。不干，就可能给国家留下空白。自己的命脉不能掌握在别人手上。"高伯龙倔强地说。

"院士干起活来不要命。高伯龙团队成员、实验师李晓红回忆说，"那时候条件很差，夏天没有电扇和空调，整个工作间就像个大闷罐，高伯龙经常穿个背心浑身是汗地工作。"几块钱的小背心是他夏日的"标配"。他80多岁高龄时穿着背心在电脑前工作的场景被镜头拍下，"背心院士"之名不胫而走。

从事激光陀螺研究的40余年里，高伯龙几乎没有按时吃过饭，推迟两三个小时是常有的事，有时候还会忘记吃饭，以至于后来正常的饭点他倒不适应了。老伴曾遂珍曾经无奈地说："我这辈子做得最多的一件事，就是给老头子热饭。"

在他人眼中,高伯龙有些"另类"。在被称为"四大火炉"之一的长沙,他的军大衣一穿就是近半年,并非他天生怕冷,而是因为他患有严重的哮喘,对冷空气特别敏感。为了减少发病频率,他宁愿整天裹着军大衣,以便将更多的时间与精力投到工作中为节省看病时间,他跑到医院去开大剂量的药。起初医生不同意,因为激素类药物对身体伤害大,他却满不在乎"管他什么副作用,能工作就行"。后来医生也拗不过他,只好任由他一次性将几个月甚至半年的药抱回家。

高强度的工作加上长期服药,带来的是身体的透支。到了晚年,高伯龙的身体机能全部紊乱,双腿又黑又肿,甚至需要人搀扶着才能上楼。他拒绝坐轮椅,总说:"坐下就也站不起来了!"

为了与病魔做斗争,高伯龙想尽办法。为了调节肺部问题,他坚持游泳,83岁时还能一口气游一公里;为了控制血糖,他就吃清水面条与水煮白菜,餐餐如此。团队成说:"高院士对个人身体的自律达到了苛刻的程度。"

在医院度过的最后3年里,高伯龙一刻也没有放下过他挚爱的事业。他的床头摞着高高的书籍与资料;学生前来看望,他总会提前很久挪到沙发上坐着,关上门与其促膝长谈。

护士郭佳回忆说,高伯龙为了方便工作,不愿打留置针,只接受一次性扎针,扎的次数多了,手背便肿了起来。有时自己扎不中血管,老人家不仅毫不介意,还鼓励她继续"实验"。"年轻人永远不要怕犯错,就怕你失去了挑战的勇气。"

随着身体日渐衰弱,高伯龙开始抓紧时间发短信,他要把自己的思考全部告诉学生他坐在病床上,捧着老人机艰难地打字,一条短信要耗费半个小时，看得一旁的护士偷偷抹眼泪。"他总说在办公室的抽屉里还有一篇学生的论文，很有价值，他要回去继续深化，直到去世前的那一年，他还想着出院的事……"

"总觉得他的魂还在。"受访中，李晓红这样告诉笔者，每次觉得自己迷茫的时候，就好像他还在给你指引方向，告诉你应该往哪里走……

（摘自《读者》2019年第23期）

烈火中的爱情

许晓迪

1943年,国民党的"白色恐怖"笼罩着重庆这片雾锁山绕之地。年初,中央信托局修好了新宿舍,有家属的人可以拥有独立住房。28岁的职员彭咏梧打算申请。此前,他一直和十几个同事挤在集体宿舍里,非常不利于开展工作——他的真实身份,是中共地下党重庆市委第一委员。

分房申请很快获批,家属却成难题。彭咏梧已结婚多年,妻子谭政烈和儿子一直在云阳老家。为防止敌人调查,来重庆后,他切断了与云阳的一切联系。

党组织开始在地下党员中物色"彭太太"。最终,23岁的江竹筠接下这个"嫁作人妇"的任务。二人将新家安在机房街,开始了"假夫妻,真同志"朝夕相处的生活。

彭咏梧有肺病,每当工作到深夜,江竹筠就把煮好的莲米汤送到桌上。邻居们经常看到他们手挽手,有说有笑地出门散步。她称他为"四哥",他则叫她"竹"。

假戏最终真做。1945年,经党组织批准,彭咏梧和江竹筠结为夫妻。一年后,他们的儿子彭云出生。

一天,彭咏梧在街上偶遇妻弟谭竹安。真相大白,谭竹安难以接受姐夫另娶他人。江竹筠找到他,说:"如果革命胜利了,我们都还活着,到那时才能真正考虑怎样厘清这种关系。需要的话,我会把你姐夫还给你姐姐。"

江竹筠的一片坦诚破开了谭竹安心中的芥蒂,二人从此以姐弟相称。

1947年10月,彭咏梧去下川东组织武装起义,江竹筠前往协助。临行前,江竹筠写信给谭政烈,把刚满周岁的孩子郑重托付于她。这是两个女人之间唯一的一次通信,她们终生未曾相见。

1948年1月,起义队伍遭到伏击,突围中,彭咏梧中弹牺牲。他的头颅被敌人砍下,先被挑到奉节竹园镇游街示众,再被挂到竹园坪小学操场边的洋槐树上。

不久,谭政烈冒死到重庆,从同志手中接过了丈夫的另一个孩子。她改了名字,频繁变换住址,与特务周旋,带着两个孩子,躲过一次又一次的劫难。

此时的江竹筠,正在万县开展地下工作。端午节那天,她给谭竹安写信:"每逢佳节倍思亲,我呢?还是这样不快活,也不太悲伤。当然有时也不禁凄然,为死了的人而流泪……"

几天后,江竹筠被捕,被关押在歌乐山下的渣滓洞监狱。1949年8月26日,狱中的她将衣被中的棉花烧成灰,加上清水,调和成特殊的"墨汁";再把竹筷磨成"笔",在如厕的毛边纸上,给谭竹安写了一封

"托孤信"："我们到底还是虎口里的人，生死未卜……假若不幸的话，云儿就送给你了，盼教以踏着父母之足迹，以建设新中国为志，为共产主义革命事业奋斗到底。孩子们决不要骄（娇）养，粗服淡饭足矣……"

11月14日，江竹筠把《新民主主义论》塞给同牢的狱友，脱下囚衣，换上被捕时穿的蓝旗袍，梳梳头发，随敌人走向"电台岚垭"刑场。

一阵枪响，一片血泊。半个月后，11月30日，重庆解放。歌乐山脚下，从此多了一处巨大的坟茔，300余位烈士长眠于此。

很多年后，牺牲时只有29岁、身高1.45米的江竹筠出现在小说《红岩》中，有了一个更广为人知的名字——江姐。

1963年，北京电影制片厂决定将《红岩》改编为电影。改编用了两年，主演于蓝、导演水华多次到北戴河、重庆、成都、贵州收集资料，逐个走访幸存者，写下30多万字的笔记。小说作者之一刘德斌告诉他们：大屠杀中，他中弹倒下，醒来后觉得手很温暖，举起一看，全是血，原来自己倒在同志们的血泊中，血还是热的。

最令人难忘的还是于蓝饰演的江姐。编剧夏衍曾对她说："江姐不是刘胡兰，也不是赵一曼，不要横眉冷对，表现于外。"

丈夫牺牲了，她在人前忍住眼泪，却于深夜裹在被子里痛哭；根根竹签从手指尖钉进，她面不改色地说："竹签是竹子做的，共产党员的意志是钢铁铸成的！"在狱中，她和同志们用铁片磨成的小刀当剪刀，以剩饭当糨糊，用被面、衬衫通宵缝制五星红旗……在理想、信仰的光焰下，爱情也有了别样的味道。现实中江竹筠与彭咏梧的"谍战＋恋爱"，化作电影中"孤儿寡母照样闹革命"的注脚，激励着共产党人抛却世俗、舍生赴死。

2009年，谍战片《潜伏》播出，轰动一时。大结局里，余则成与王翠平这对"假戏真做"的革命夫妇天各一方——王翠平生下孩子，在老家的山头遥望远方；离开大陆的余则成，望着墙上的"结婚照"，默默流泪。

这是彭咏梧、谭政烈与江竹筠故事的遥远回响。在时代的惊涛骇浪里，有一种高贵的情感，超越个人的私利与爱欲，折射出信仰、悲悯与大义。

这就是烈火中的爱情。

（摘自《读者》2021年第5期）

不要对不起你奶奶

罗 尔

1

1921年，中国共产党成立。

这一年，李坤泰16岁。她是大户人家的小姐，家住四川宜宾白花镇，家中兄妹8人，她排行第七。李父早逝，大哥大嫂成了当家人。李坤泰想外出读书，大哥大嫂不许，李坤泰就写了一篇文章——《被兄嫂剥夺求学权利的我》，文中说："我自生长在这黑暗的家庭中十数载以来，并没有见过丝毫的光亮……我极想挺身起来，实行解放，自去读书。奈何家长——哥哥——专横，不承认我们女子是人，更不愿送我读书……请全世界的姊妹们和女权运动者，帮我设法，看我如何才能脱离这个地狱家庭，如何才能完全独立？"

李坤泰的大姐夫郑佑之（1931年牺牲），是中国共产党宜宾地方组织创始人之一。他偶然读到李坤泰的文章，很是赏识，便推荐发表在向警予主编的《妇女周报》上。

1926年，国共合作，国民革命军开始北伐，形势一片大好。

2月，李家老少正欢欢喜喜过大年，李坤泰在二姐李坤杰的帮助下，离家出走。她疾走两天两夜，抵达宜宾，后考上宜宾女中，改名李淑宁。后来在郑佑之的介绍下，她加入中国共产党。自从走出白花镇，李淑宁就再也没有回去过，且越走越远。

10月，李淑宁考入黄埔军校武汉分校，成为黄埔军校第六期213名女学员之一，这是中国军事院校第一次招收女学员。李淑宁又改了个更有力的名字：李一超。

1927年，在北伐战争取得决定性胜利之际，国共合作破裂；共产党发动南昌起义，打响武装反抗国民党反动派的第一枪。

9月，李一超走得更远，漂洋过海去苏联，就读于莫斯科中山大学。在前往苏联的海轮上，李一超严重晕船，吐得天昏地暗。同行的40人中，有一个叫陈达邦的湖南小伙儿，对她百般照应，让她倍觉温暖。到达莫斯科之后，李一超和陈达邦的革命友谊上升为爱情，他们俩于1928年4月结婚。

1928年，井冈山革命根据地进入全盛时期，革命形势如火如荼。

11月，组织上需要李一超回国。此时，李一超已有身孕，本可以要求生完孩子再回国，但革命者的使命，永远大于家事。李一超没有丝毫犹豫，即刻启程。陈达邦百般不忍，意欲与妻子一同回国，李一超拒绝了，说大丈夫当以事业为重，岂可沉湎于儿女私情？陈达邦只好作罢，叮嘱妻子，若一个人带着孩子有困难，就把孩子送到他堂兄陈岳云那儿。他送给李一超一枚金戒指和一只怀表，夫妻二人挥泪作别。这一别，夫妻俩竟再未相见。

2

1929年，红军相继开辟赣南、闽西根据地，以此为中心，发展中央革命根据地。

1月，在宜昌地下交通站工作的李一超即将临盆，还挺着大肚子，为搜集传递情报东奔西走，且结交的人个个神神秘秘。房东觉得她很可疑，就以地方风俗为由——在哪里怀的孩子，就应该在哪里生，把李一超赶了出去。

眼看还有几天就要过年，孩子也快要出生了。李一超想起丈夫陈达邦的话，想去找他的堂兄陈岳云。无依无靠的女人，此时太想得到亲人的照顾了。可是，宜昌地下交通站，是李一超一手建立起来的，如果她一走，万一组织上有事，联系不上她，就可能造成重大损失。李一超不敢离开宜昌，甚至不敢离开租住的房子太远，就一直在附近寻找新的房子，但没有人愿意让一个来历不明的女人把孩子生在自己家里，李一超一时找不到住所。

夜幕降临，北风呼号，李一超徘徊街头，瑟瑟发抖。李一超原租住房的隔壁，住着一对贫苦夫妻，男主人是个搬运工。他们平时与李一超来往不多，但李一超的笑容让他们感觉亲切。他们不忍心看李一超流落街头，便把她接到自己家里，隔出一角，现搭一张床，让她住了下来。

第二天，李一超的儿子提前来到人世。参加革命以来，李一超一直过着动荡不安的生活。让中国人民过上和平安宁的生活是每一个革命者的理想，因此，她给儿子取名为宁儿。

但李一超注定不得安宁，还在月子里，收留她的这家男主人因赌博打架被抓了，女主人筹不齐罚款赎不出男人，整天唉声叹气。李一超不能坐视不管，便拿出陈达邦送给自己的金戒指，让女主人把男主人赎了出来。

然而，李一超的善举，给自己带来了麻烦。警方听说李一超卖金戒指赎人，起了疑心——这个神秘的外地女人，为什么会有金戒指？

李一超感觉不妙，抱着未满月的宁儿，匆匆去了上海。

此后的一年多，李一超一直在革命路上奔波，难得片刻安宁。

在上海，李一超遭遇过入室抢劫，劫匪把财物洗劫一空，还剥光了她和宁儿身上的衣服。母子俩紧紧搂在一起，以抵御冬夜的寒冷，好在，朋友得知消息后，及时送来衣服，才把他们救出窘境。

在南昌，因为叛徒出卖，300多名革命者血溅刑场。当军警从前门进来抓人时，李一超抱着宁儿，从后门逃离，因为情况紧急，她只来得及给儿子裹上毛毯。她一分钱都没有，只能卖掉陈达邦给她的怀表，买了一张去上海的船票。她必须尽快赶回上海，向党中央机关报告，南昌出了叛徒，以免造成更大的损失。在船上，李一超没钱买吃的，母子俩靠好心的乘客给点馒头分点粥，熬过了两天两夜的水路。

革命之路，步步凶险。只要李一超回宜宾老家，或者去找丈夫的堂兄陈岳云，就能过上富足快乐的日子。但对个人的富足快乐，革命者不屑一顾，从踏上这条路的那一天开始，他们就坚定地要将革命进行到底。

革命之路道阻且长，李一超无所畏惧，但她怕儿子陷入险境，也怕自己不能全心全意投入革命。因此，即将接受更艰巨的任务前，她把儿子送到汉口，托付给陈岳云。

骨肉离别之际，李一超带宁儿去拍了两张合影，一张寄给还在莫斯科的丈夫陈达邦，照片背后写着宁儿的出生日期和时辰，一张寄给宜宾的二姐李坤杰，给家里报平安。

3

1950年，新中国成立的第二年，国家大力宣扬革命英雄主义，讲述革命英雄故事的电影《赵一曼》应运而生。

赵一曼的故事感动了全中国人，这其中有一个叫陈掖贤的小伙子，他连看几遍电影，看到赵一曼受刑时，忍不住潸然泪下。

陈掖贤就是长大了的宁儿，他不知道，赵一曼就是他失踪多年的妈妈李一超。

电影摄制者也不知道，赵一曼是四川宜宾人，原名李坤泰，又名李淑宁、李一超。那个时期的许多作家、记者写过赵一曼，但没有人知道她来东北抗日之前，有过怎样的经历。

革命年代，许许多多的英雄，不知出处。

1953年5月，李一超的二姐李坤杰给周恩来总理写信，请求查找1930年左右在上海工作过的地下党员李一超。周总理将此信批转有关部门处理。

1955年1月2日，李坤杰写信给陈掖贤的姑妈陈琮英，告知：经李一超的战友和东北革命烈士纪念馆确认，赵一曼就是陈达邦的妻子、宁儿的妈妈李一超。

得知自己的妈妈是英雄赵一曼，陈掖贤哭了。

陈掖贤一直过得很清贫，但他没去领国家发给烈士家属的抚恤金，只去东北革命烈士纪念馆抄了一份妈妈临刑之前写给自己的遗书。

宁儿：

母亲对于你没有尽到教育的责任，实在是遗憾的事情。母亲因为坚决地做了反满抗日的斗争，今天已经到了牺牲的前夕了。

母亲和你在生前永远没有再见的机会了。希望你，宁儿啊，赶快成人，来安慰你地下的母亲！我最亲爱的孩子啊！母亲不用千言万语来教育你，就用实际行动来教育你。

在你长大成人之后，希望不要忘记你的母亲是为国而牺牲的！

你的母亲于车中

1936 年 8 月 2 日

1982 年，陈掖贤意外离世，临终时，他给自己的孩子留下了几句话："不要以烈士后代自居，要过平民百姓的生活。以后自己的事自己办，不要给国家添麻烦。记住，奶奶是奶奶，你是你！否则，就是对不起你奶奶！"

许多年以后，一个参加过侵华战争的日本老兵，找到李一超的孙女陈红，表示忏悔。长相酷似李一超的陈红说："对不起，我不能接受。你老了，要在良心上得到解脱，可我的国恨家仇怎么办？再说，贵国政府一向的态度，都使我不能接受你的忏悔。"

日本老兵想给陈红一些钱，陈红也没有要："我爸爸连我奶奶的烈士抚恤金都没要，我怎么能要你的钱？"

（摘自《读者》2021 年第 17 期）

航天人的薪火传承

巴九灵

1

2021年6月17日,"神舟十二号"载人飞船进入预定轨道后,酒泉卫星发射中心的测发大厅传来一阵欢呼。接下来,就要看"神舟十二号"指令长聂海胜如何开展后续工作了。对聂海胜来说,这已经是他第三次飞天。

他的弟弟聂新胜坐在电视机前,泪光闪动。对"神舟十二号"的自豪和对哥哥的惦记让聂新胜百感交集。良久,他说了一句话:"有国才有家,我希望他能完成任务。"

这次飞行,由聂海胜和刘伯明带着新人汤洪波执行任务。

老带新是中国航天的传统。上次"神舟十号"发射时，聂海胜带着张晓光和王亚平，他时不时地抽查两个人的专业知识，给他们分配任务。王亚平叫他"定海神针"，有聂海胜在，两名小将都安心了。

从2003年"神舟五号"项目开始做准备时，聂海胜就被列入任务梯队，成为备选队员。接下来的7次"神舟"系列发射，聂海胜3次备选，3次入选。即便在备选时期，他也需要做准备直到火箭点火的那一刻。在这18年里，有不计其数的考核，聂海胜一直处于训练状态。

宇航员的全部训练项目，都在挑战人体的极限。

他们要穿120公斤重的宇航服下水进行模拟失重训练，在飞速转动的离心机里承受8G的离心力，眼泪鼻涕甩得满脸都是，脸被拉得变形。他们要躺在一张倾斜度为负数的床上，头朝下，倒着吃饭，倒着排便，每次训练都要连续躺几天到一周。

在飞船发射和返回过程中，传到舱内的噪声会很大，宇航员要进入一间屋子做听力训练，尖锐的噪声堪比用指甲划黑板，他们需要不断通过听力训练提高耐力。

在训练的过程中，宇航员手里有报警器，如果觉得自己实在不能承受，按响它，训练就会终止。但多年以来，没有一个人按响报警器。

聂海胜已经57岁，刘伯明54岁，最年轻的"新人"汤洪波也有45岁。这些"老航天"依然在为中国的航天事业时刻准备着，而中国航天的后起之秀同样未来可期。

2

2010年夏天，执行过"神舟"系列任务的杨利伟、翟志刚、刘伯明来到哈尔滨工业大学，跟学生们分享航天人的荣誉和责任。韦明川当时是航天学院的大三学生，此次分享让他深受触动，彼时是他研发卫星的第二年。

此前，全世界都没有高校学生研发卫星的先例，韦明川的好友也觉得他的想法是天方夜谭。

韦明川觉得自己成绩并不算太突出，没获得过读研的保送资格，在哈工大读硕士和博士都是自己考上的，但他很明白自己对航天事业的满腔热忱。

他说动了包含航天、计算机、电气、机械等8个专业的同学加入科研项目。没有经费他就去申请项目、去科研论坛拉资金、把自己的生活费贴进实验里，最终把研发卫星的想法变成了现实。

2015年，"长征六号"在太原卫星发射中心发射。伴随着"3、2、1"的升空倒数，在清晨的薄雾中，20颗卫星"乘坐"着"长征六号"一起被送入太空。韦明川团队研制的第一颗卫星"紫丁香二号"就在其中，这是全球第一颗由高校学生研制出的微纳卫星，24岁的韦明川因此成为中国最年轻的卫星总设计师。

两年后，一张地月合影被刊登在世界权威学术杂志《科学》上。这是韦明川团队利用研发出的微卫星"龙江二号"，克服了太空拍摄条件的复杂困难，拍出的最美地月合影。

韦明川团队被誉为中国最年轻的航天团队，成员全是"90后"。团队中年龄最小的是负责卫星数据处理和软件设计的黄家和，1999年出生，加入韦明川团队时，只有17岁。

黄家和4岁那年，在电视上看到杨利伟搭乘的"神舟五号"划破苍穹，对杨利伟无比崇拜，希望自己未来也能从事航天工作。每逢有航天器发射，他都一次不落地观看。韦明川团队的其他成员，也都有着与黄家和相似的对航天工作的纯粹热爱。

因为热爱，所以投入，他们更明白中国航天事业还需要更多人才。

在卫星项目有了进展之后，韦明川团队也协助母校培育下一批航天人。

在韦明川的带动下，哈工大在2020年新开设了一个特色班——小卫星班，围绕航天器控制、设计等相关学科进行授课，意在培养对航天有热情的学生。韦明川的科研基地，成为小卫星班的实践场所，他们正在把研发卫星的经验，传授给更年轻的航天人。

3

在这次"神舟十二号"的发射任务中，3名宇航员登陆了我国自己的空间站：天和空间站。登陆空间站被各国视为太空项目最重要的环节，中国人登上自己的空间站，在社交媒体上反复刷屏，是因为我们曾经被国际空间站拒之门外。

距离地球约400公里的国际空间站，是由美俄在内的16个国家共同建成，并在2010年投入使用。先后有19个国家的宇航员登陆了国际空间站。

在空间站建设期间，中国被美国指责技术不足，不准参与。建成后，中国又被美国的《沃尔夫条款》挡在空间站外，被禁止中国与美国航天局一起参与科研项目。

中国航天空间站系统总设计师杨宏感慨道："我们不能总跟在别人屁股后面跑，就算你跟着别人跑，人家也不带你玩儿。"国外的长期封锁，反而让中国航天人知耻而后勇，在航天领域奋起直追。

新的力量正在迎头赶上，小卫星班的学生已经入学。在"神舟十二号"飞船发射那天，小卫星班的学生被邀请到酒泉卫星发射中心观看发射。十七八岁的青年，看着"长征二号"F运载火箭拖着尾焰穿云破日，感受到脚下传来的震颤，热泪盈眶。

这是航天人的薪火传承，是中国同一个航天梦想的交接。

（摘自《读者》2021年第17期）

以星星的名义作答

肖 睿

4岁上小学，16岁上大学，26岁博士毕业，32岁成为博士生导师，曾任北斗试验系统分系统主任设计师，现任中国科学院导航总体部副总工程师、中国科学院空天院研究员，徐颖的人生在很多人眼里都是"开挂"般的存在。

2016年，一次偶然的机会，她用脱口秀的形式做了一场名为《来自星星的灯塔》的科普演讲，收获了超过2000万次的视频播放量。

2017年，她和航天英雄杨利伟、中国科学院院士欧阳自远等人一起，被评选为"科普中国形象大使"。今年，她又荣获第26届"中国青年五四奖章"。

在这些光鲜的荣誉背后，徐颖说自己只是北斗系统工作者中普通的一分子，对于"北斗女神""科学家"的称呼，她总是笑着婉拒："我觉得我现在肯定不算是一名科学家，只能说是一名青年科研工作者，再过几年呢，可能我就会变成一名中年科研工作者。"

默默"拧螺丝"的人

如果用最简单的话来描述北斗的根本意义，徐颖会用三个字：守国门。

"对，就是守国门、守命脉的事情。"徐颖解释，"卫星导航定位系统其实是一个时空的服务者，它告诉我们时间、空间，保障了我们的生活运转，更关系着国计民生、国防安全乃至主权独立，是非常重要的一个基础设施，我们一定要把它构建在自己建立的系统基础之上，不能把命脉交到别的国家手里，这就是北斗存在的最根本的价值。"

20多年的时间，400多家研发单位，30多万科研人员……徐颖觉得，北斗就像一艘巨轮，不仅需要先进的思想、技术、管理来做巨轮的"中枢"，更需要在每个岗位上默默"拧螺丝"的人，秉持实干精神，保证把自己手中的"螺丝"拧到最稳，永远不掉、不出问题。"正是这些看似微小的细节和千千万万埋头实干的人，才组成了这样一艘巨轮，保护着它安全、可靠、有效地往前走。"

在徐颖眼里，导师们都是实干型的人。"哪怕得了国家技术发明奖一等奖，或者任何奖项和荣誉，他们都还是会关注科研工作中最基础的问题。有时候在实验室，导师可能觉得我们焊的板子有一些细节不是很符合要求，便会亲自上手去做，直到满意为止。"

在北斗人身上，这样的实干精神是一脉相承的，徐颖还听过一个令她记忆深刻的故事，是关于北斗卫星导航系统工程原总设计师、"共和国勋章"获得者孙家栋院士的：在一次北斗卫星调试中，卫星组装出了一点问题，当时已经80多岁高龄的孙家栋院士立刻就跪在地上，亲手检修卫星的底部。

"在这些前辈身上，这种务实的作风体现得淋漓尽致。在北斗的每一个项目中，每一个总工程师都能够深入技术的最底层，不会飘在上面。有的人可能觉得，我们这个领域，讲太空、讲宇宙，都是些诗和远方这样很宏大的话题。但当你真正去做太空探索这件事的时候，你会发现落到工程上，可能就是焊一个器件、调一行代码，它是会落地的，会落得非常扎实。"

从老一辈北斗人身上学来的精神，徐颖也传授给了自己的学生。徐震霆是徐颖的研究生，目前的研究方向是卫星导航接收机。跟随徐颖做科研，徐震霆最大的收获就是学习到了对待科研的态度。

除了严谨务实，徐颖教给学生的第二件事是"要耐得住寂寞"。与北斗相伴的十几年间，徐颖说自己的工作强度远远不止"996"。周末和节假日，泡在单位加班对徐颖来说也是家常便饭。

"耐得住寂寞，一定是做科研的基本素质。因为科研工作是一个周期非常长的事情，可能要很久才能得到一点反馈。如果是那种'恨不得我今天干的事明天全世界就来夸我'的性格，那么这个人可能就得换一个行业。"但在徐颖看来，这其实也是一个具有两面性的事。"周期长其实也意味着科研生命可以很长，可能到60岁、70岁，甚至80岁，还能持续地做这件事情，并且过往积累的经验会给你带来更有力的支撑"。

打破性别天花板

和北斗面临诸多质疑一样，作为女性，徐颖也曾面临过关于性别的质疑。

那是她在博士毕业找工作期间的一次面试，面试官对她说："你可以反驳我，但是我觉得女生不适合做科研。"听到这句话，徐颖的第一反应是愣了一下："我知道也许很多人心里这么想，但是这么直白地表达出来的还是比较少见的。"想了想，徐颖回复道："我觉得没有不适合做科研的性别，只有不适合做科研的人。"

事实上，这样全凭感觉的判断，对很多女孩来说并不陌生。在徐颖的组里读研三的陈静茹曾经观察过，高中时她所在的理科班里女生和男生比例是3∶4，到了大学的理工科专业则是3∶7，等到了研究生的班里，这个数字变成了3∶30。"好像大家天然地认为，女生就应该学文科，应该从事更'安稳'的职业。"

徐颖也无法认同这种对性别的刻板定式，但她的态度更冷静。"有人认为这是一种性别歧视，我可能会觉得它更多的是一种思维定式。就像大多数人认为女生不适合学工科，同样也会有人说男生不适合学护理。似乎所有人都默认男生更适合做一些需要逻辑思维、体力消耗大的工作，而女生则适合去做需要细致、有耐心的工作。实际上换个角度来看，为什么大多数人会这么想，肯定还是因为女生学工科的少、男生学护理的也少，这其实就是一个群体概率和个体的情况。也许对于群体来讲，80%的女生都不适合学工科，但是对于个体来讲，落到一个人身上的概率可能是0，落到另一个人身上则可能是100%。所以说群体概率在个体的选择面前是没有意义的。判断自己能不能做科研的依据是：是否对未知的世界充满好奇，是否在煎熬的时候选择继续，是否有勇气随时从头开始。要不要走这条路、合不合适，由自己来决定，不由其他任何人来决定。"

在徐颖看来，科研界恰恰是一个特别容易打破性别天花板的地方。"因为在科研界，一切都要靠最后的成果来说话，每个人都需要做出点东西，才能支撑自己的观点，这不会因为性别而有所改变。而当你站在太空的角度思考问题，很多事情好像就更不值得讨论了。你看着星空，就一点儿都不屑于反驳'女孩不适合做科研'这样的话，你只会觉得，任何一个人都应该有机会去靠近、去探索。星空多广阔啊，每个人在它面前都是平等的，它只管接受你的来意、你的志向，从来不会问你是男是女"。

陈静茹很庆幸自己能成为徐颖的学生，"能跟着这么优秀的老师求学，我觉得特别幸运，老师常常跟我们说一句话，'求其上者得其中，求其中者得其下'。她告诉我们，不管做什么事情，目标一定要定得高一点儿，不要因为自己是女生，就放低追求的标准，这样哪怕完成不了自己本来的目标，起码结果也不会太差。老师就像一个'六边形战士'，在她身上我收获了很多的女性力量"。

徐颖曾多次被问及："作为一名女性，如何平衡工作和生活？"面对这样的问题，她总会露出无奈的笑容，她说："似乎从来没有人这么问男性。这其实是另一种思维定式，也是大众对女性过高的期待，希望女性在工作之余还能照顾好生活和家庭。事实上工作和生活是没办法平衡的，因为每个人的时间都有限，花在一件事上的时间多了，那么给另一件事的时间自然就少了，不可能什么都选，只能做好选择，然后对所选的事情负责。"

更广阔的空间和可能

当前，可以说北斗系统的建成改变了全球卫星导航系统的竞赛格局，也在不断地改变我们的生活和未来。

在徐颖的科普演讲和视频中，她用生动的故事代替高深、晦涩的科学术语，用风趣幽默的语言为公众讲述北斗研发的故事。在她的讲述中，北斗正在润物细无声地影响我们生活的方方面面：当你的智能手环提示明天会有一场雷阵雨，当你用手机 App 查询附近好吃的饭馆时，都可能是北斗在为你服务。

在卫星导航系统业内有一句名言："卫星导航定位系统的应用，只受制于个人想象力的限制。"对此，徐颖的理解是：北斗已经应用于各行各业，怎么能够更好地让它按照每个行业的需求来为其提供服务，这就是所说的"想象力"，换句话说，就是科学的创新精神。"科技创新一定要有一片特别好的土壤，这就要从孩子、学校、教育，包括科普这些最细微的地方开始入手。"徐颖说。

因此，徐颖愿意在繁重的科研工作之余，一次次出现在大众面前承担科普的工作。"如果每一个科研工作者，都能来讲讲自己最熟悉的领域，不用花太多的时间，也许就能让大家更多地看到这个科研领域的无限可能性，以及科研自身的魅力。尤其是对于孩子们，培养他们的科学素养，激起他们对科学的向往，那么再过 10 年、20 年，一定是能够看到成效的。如果我的一些话，能够让年轻人对科学有兴趣，让更多人可以试着用科学的眼光看问题，甚至哪怕只是让一个在科研领域大门前犹豫的女孩重获信心，我就觉得这个时间花得很值。"

徐颖相信，在未来，北斗会像空气和水，成为我们生活中必不可少的部分，为人类实现宇宙级的想象力。

（摘自《读者》2022 年第 23 期）

驾机穿越蘑菇云的英雄

关 切

1964年10月16日,在中国西部戈壁大漠的上空升起了壮丽的蘑菇云,我国第一颗原子弹爆炸成功。在这举世瞩目的时刻,几位空军飞行员勇敢地驾驶飞机穿越蘑菇云,执行了取样任务。半个多世纪过去了,让我们拨开历史的尘封,看一看在当时那个惊心动魄的时刻发生了什么。

严格保密的任务

1964年7月,上级决定在空军飞行航空兵某师挑选一架飞机和6名机组人员,执行一项重要任务。经过层层选拔和考核,辽宁海城籍的郭洪礼被选为机长,他是某团二大队二中队的中队长。飞机是从另一个团选出的。"执行什么任务谁也不知道,我和另外5名战友被光荣选上。"

郭老回忆说。

机组人员组成后，飞机也飞到了北京。郭洪礼还记得，空军作战部的首长告诉机组人员："我们国家要进行原子弹爆炸试验，周总理对这次任务十分重视。"听闻任务和这次试验有关，几个人非常兴奋，郭洪礼代表机组人员表示坚决完成任务。

飞机在北京被简单改装，于一周后飞往西北某空军基地，前线总指挥张爱萍、空军副司令员程钧和专家们给机组人员下达任务：穿越蘑菇云取样。原子弹爆炸后，地面有几十种手段收集样品，但只有派飞机直接进入蘑菇云取样，才能获得评价和分析爆炸效果的第一手重要科学资料。取样工作在原子弹爆炸30分钟后，在蘑菇云形成的7000米高空进行。因为原子弹爆炸30分钟后正是蘑菇云形成的最佳时机。太早，蘑菇云没有完全形成，气浪、涡流和强大的冲击力将损坏飞机；太晚，蘑菇云开始扩散，即使飞进去，也取不到所需的剂量，取样工作会前功尽弃。7000米的高度和预定穿云的方位都是经过周密计算的。

1964年10月15日，离原子弹试爆还有一天的时间，机组人员全天进行飞行准备。誓师大会上，郭洪礼代表机组人员宣誓："下定决心，不怕牺牲，排除万难，只要飞机螺旋桨在转，就要坚决完成任务。"

当天，张爱萍为机组人员送来一包板栗，表示对机组人员的鼓励。郭洪礼说："当时大家十分激动，机组人员与兰州空军组共同分享了这包板栗。"

两次冲入蘑菇云

10月16日，大西北核试验场上，笼罩着紧张又神秘的气氛。

机组人员提前吃完午饭，在离飞机10多米的地方挖了一个大坑，用以隐蔽，以免受到原子弹爆炸时产生的光辐射的影响。这里距原子弹爆炸点40千米，但由于地势平坦，视线极好。根据要求，在原子弹爆炸的瞬间，他们必须趴在坑里并且闭上眼睛。

下午2时59分40秒，历史性的时刻到了，主控制站的技术人员按下电钮，10秒钟后，控制系统进入自动控制状态。机组人员听到女播音员清晰而又略显机械的读秒声。霎时间，强光闪耀，天地轰鸣，一股庞大的蘑菇状烟云，旋转升腾，直上蓝天。

根据所学知识，郭洪礼知道当声音传来时，原子弹爆炸的辐射已过去，他大喊一声："上！"机组成员立刻冲上飞机。这时，距机场40千米的爆炸烟云清晰地呈现在他们面前，巨大的烟柱拔地而起，直插云霄，上部膨胀变大。郭洪礼驾驶着飞机，当速度达到每小时240千米时，他轻轻拉起操纵杆，飞机离开地面迅速向空中飞去。

40千米的距离对飞机来说，只要几分钟就可以飞到，然而仅仅飞到还不行，必须要有一定的高度，太高或太低都不行。郭洪礼和领航员季献康密切配合，用20分钟爬到了规定的7000米高空，由于时间充裕，他和领航员简单商量了一下，改变航向，保持着平飞的状态向目标飞去。

当接近蘑菇云时，飞机忽上忽下，忽左忽右，驾驶非常吃力，郭洪礼和副驾驶员李传森极力保持着飞机的平稳，领航员季献康抓紧时间计算飞机进入的角度。很快，他们选中了紧靠蘑菇云中心的棕褐色部位，由西至东向那里飞去。在进入蘑菇云时，郭洪礼不由自主地咬紧牙关："冲进去！"

飞机的左机翼几乎压着蘑菇云的中心，机身进入云中，周围的一切都模糊了。郭洪礼和战友们眼中看到的是黑中泛红的浓烟，身上感受到的是巨浪般的撞击。郭洪礼和机械师耿君不停地观察着飞机上的各种仪表,努力保持着飞机的航向。由于蘑菇云中气浪翻滚,机身颠簸幅度大,他手脚并用,极力稳住野马似的飞机。飞机穿越蘑菇云的时间只有5秒钟,当郭洪礼准备向指挥部报告穿云情况时,在机舱监测的防化兵小高赶过来大声报告:"仪器上的红灯未亮,收集剂量不够。"郭洪礼一听急了,收集的剂量不够,说明没有完成任务,这怎么行?于是,他大声对同伴说:"再来一次!"机组人员将飞机压了坡度后左转,迅速做好第二次冲锋的准备。

"当时想的是没完成任务哪行,真的把自己的生死置之度外了。"飞机刚刚飞进蘑菇云,监测仪上的红灯就亮了。"仪器亮起红灯时,我们长出了一口气,这表明,我们胜利完成任务了。"

<h3 style="text-align:center">埋藏35年的秘密</h3>

那次任务完成后,郭洪礼在部队里一直奋战到1983年,然后转业到位于湖北省宜昌市的葛洲坝工程企业总公司。由于原子弹爆炸任务的特殊性,他始终没有让家里人知道。郭老说这个秘密在他心中一直埋藏了35年,直到1999年中华人民共和国成立50周年,中央电视台的记者辗转找到他进行采访时,家人和同事才知道,原来身边的人竟然是一位国家英雄。

(摘自《读者》2021年第13期)

曾有院士吴健雄

必记本

1

1912年5月31日，吴健雄生于江苏省苏州太仓浏河镇，其父吴仲裔早年就读于著名的上海南洋公学，曾参加过反对袁世凯的斗争。吴仲裔思想开明，提倡男女平等。吴健雄虽为女儿身，父亲倒希望她不让须眉，胸怀男儿志，积健为雄。

良好的家庭启蒙和学校教育"润物细无声"，滋养、激发着吴健雄对科学的兴趣、探索精神和爱国主义情怀。1923年，11岁的吴健雄到离家50里的苏州第二女子师范学校读书。

毕业后，吴健雄当了一名小学教师。对当时的女孩子来说，当小学教师是个让人梦寐以求的好出路,父亲却鼓励她继续到大学深造。

"如果没有父亲的鼓励,现在我可能在中国某地的小学教书。父亲教我做人要做'大我,'而非'小我。'"吴健雄在回忆她的人生历程,言及父亲对她一生的影响时十分激动。

对吴健雄的一生产生极大影响的第二个人,是胡适。

早在苏州第二师范学校求学期间,吴健雄就聆听过来校访问的胡适先生的演说。吴健雄还记得,胡适那次演讲的题目是《摩登的妇女》,内容是妇女应如何在思想上走出旧的传统,令吴健雄眼界大开。次日,她又追随胡适到东吴大学,再次聆听讲座,胡适的风度、神采、见解,令年少的吴健雄"思绪潮湃,激动不已"。

1927年,吴健雄以优异的成绩从师范学校毕业,1929年被保送进入国立中央大学数学系(一年后转入物理系)。按照当时的规定,师范学院的保送生不能立刻入读大学本科,吴健雄便进入上海的中国公学就读一年,当时该校校长正是胡适。二人的师生之缘从此开始。

1936年,吴健雄在叔叔的资助下获得去往美国深造的机会,就读于加州大学伯克利分校。

"二战"爆发以后,胡适先生长期在美公干,这对师生又有了时相过从的机会。胡适先生曾写信给吴健雄,殷殷嘱托:"凡治学问,功力之外还需要天才。龟兔之喻,是勉励中人以下之语,也是警惕天才之语。有兔子的天才,加上乌龟的功力,定可以无敌于一世。仅有功力,可无大过,而未必有大成功。你是很聪明的人,千万自重自爱,将来成就未可限量。这还不是我要对你说的话,我要对你说的是,希望你在海外住留期间,多注意此邦文物,多读文史类书,多读其他科学,使胸襟阔达,使见解高明,做一个博学的人。凡一流的科学家,都是极渊博的人,取精而用弘，由博而返约，故能大有成功。"

胡适曾在公开场合说，做吴健雄的老师是他平生最得意、最自豪的事情："我一生到处撒花种子，绝大多数都撒在石头上了，其中有一粒撒在膏腴的土地里，长出了一个吴健雄，我也可以万分欣慰了。"

作为学生，吴健雄对胡适也极为崇敬。她常说自己的研究成果皆是根据胡先生平日提倡的"大胆地假设，小心地求证"之科学方法而取得的。

一个思想开明的父亲，一个谆谆教诲的良师，他们对吴健雄的启蒙和教导，是吴健雄的一生之幸。

2

1937年2月，纳粹德国开始执行"铀计划"。

1941年年末，珍珠港事件后，美国先后向日本、德国、意大利宣战。一些美国科学家提议，要先于纳粹德国制造出原子弹。美国陆军部于1942年6月开始，实施利用核裂变反应来研制原子弹的计划，亦称"曼哈顿计划"。该工程聚集了当时西方国家（除了轴心国）最优秀的核科学家。1944年，吴健雄受老师劳伦斯、奥本海默之邀，以外籍女科学家的身份，参与美国绝密的"曼哈顿计划"，成为参与该绝密计划唯一的华人女物理学家。

吴健雄负责最核心的工作——原子核的分裂反应，其实验成果解决了链式反应无法延续的重大难题，直接启发了该计划的核心人物费米，大大缩短了原子弹试制的进程。

吴健雄在伯克利的导师、1959年的诺贝尔奖得主塞格雷在评论吴健雄时写道："她的意志力和对工作的投入，使人联想到居里夫人。"

谁说女子不如男？作为女性，吴健雄打破了科学界由男性垄断的局面：1944年，成为普林斯顿大学有史以来头一位女性讲师；1958年，打破普林斯顿大学百年传统，成为第一个获得该校荣誉博士的女性；1975年，她再次打破美国物理学会由白人男性担任会长的传统，成为该学会第一位女性会长。

凭借非凡的智慧和超常的努力，吴健雄为中国乃至世界女性树立起一面旗帜，取得令许多男性科学家都望尘莫及的成功。"科学中少了女性，是对潜在才分一种可怕的浪费。"吴健雄说。

3

吴健雄一生获奖无数，独独没有获得过诺贝尔奖。

1956年，杨振宁、李政道对"宇称守恒定律"提出怀疑，因实验太困难，希望渺茫，无人可以证实他们的理论。他们找到吴健雄。

这时，吴健雄已与丈夫袁家骝买好返回中国的船票，她想看看阔别20多年的故乡，但是这项极富挑战意义的实验吸引了她。袁家骝也积极支持，他退掉一张船票只身回国。检验"宇称守恒"是一项精度极高的实验，为了使用华盛顿国家标准局的超低温仪器，吴健雄频繁地往返于纽约和华盛顿，与其他4位科学家一同夜以继日地进行实验。

作为项目的领导者，吴健雄带领实验走向成功。从某种程度上说，这也把两位年轻的科学家，推上了诺贝尔奖的领奖台。许多科学家都为她抱不平和感到可惜，为西方对东方的偏见、对东方女性的偏见而呐喊：这是诺贝尔奖委员会最大的失误。

吴健雄从未公开表露过意见，一如既往地全心投入研究工作。多年后，在给1988年诺贝尔物理学奖得主杰克·施泰因贝格尔的祝贺信上，吴健雄写道："尽管我从来没有为了得奖而去做研究工作，但是，当我的工作因为某种原因而被人忽视时，我依然受到了深深的伤害。"

4

据说，当年被诺贝尔奖排除在外后，吴健雄淡淡地说了一段话："我爱的是我的事业，而不是诺奖；再说，诺贝尔先生又不是我先生，我爱他做什么？我的先生叫袁家骝。"

吴健雄的丈夫袁家骝，也是享有国际声誉的物理学家，在高能物理、高能加速器和粒子探测系统的研究上卓有成就。

他们的朋友都说袁家骝一贯以太太为荣，说："不管吴健雄去什么场合，拎照相机的人总是袁先生！"

吴健雄能专注于物理研究，袁家骝在背后默默的支持和付出功不可没；而对袁家骝来说，甘之如饴地为爱人付出何尝不是一种幸福？

5

人走天下，心系桑梓。

身居海外多年，吴健雄始终惦记家乡，时刻惦记着祖国的科学发展。

婚后不久，为了使丈夫进入美国无线电公司继续从事尖端技术研究，吴健雄"硬着心肠离开这风和日暖"的加利福尼亚。

"我觉得美国无线电公司规模大，设备好，中国将来正需要这样大规模的工业组织，他应该前去得些经验。"

1946年，一位美国教授在退休前希望将藏书捐赠给中国的一所大学。在吴健雄的努力下，这批图书最终被捐赠给北京大学。

1982年，吴健雄受聘为南京大学、北京大学、中国科学技术大学等高校的名誉教授，同时担任中国科学院高能物理研究所学术委员会委员。

1994年，吴健雄当选为中国科学院首批外籍院士。

晚年，吴健雄拿出25万美元，捐给母校明德学校作为基建费。

她表示，自己是华夏儿女，作为一名科学家，她拿不出更多的钱来，但她可以邀请海内外优秀的科学家来做学校的顾问，推动祖国科技事业的发展。她平时以俭朴著称，却为"吴仲裔奖学金"的设立慷慨捐出近100万美元，表达她造福桑梓的寸草之心。

1993年，在吴健雄和袁家骝的建议和全程参与下，被称为"科学神灯"的第三代同步辐射加速器正式启用，这一成果使中国在这一领域取得了与美国、欧洲鼎足而立的地位。

1973年，周恩来总理在接见吴健雄夫妇时说："你们是华人中杰出的代表，为世界的科学做出了贡献，是我们华人的骄傲，是全世界华人的骄傲。"

1997年2月16日，吴健雄因中风去世，享年84岁。叶落归根，她的骨灰被安葬于苏州太仓浏河镇，墓碑上有这样一句话：她是卓越的世界公民，和一个永远的中国人。

在浩渺的星空，有一颗国际编号为2752的小行星，叫作"吴健雄星"，是1990年中国科学院紫金山天文台以吴健雄的名字命名的。

如今，吴健雄已经离世24年，但她的"光芒"依旧熠熠生辉。

（摘自《读者》2021年第15期）

用青春铸造"生物盾牌"

牙谷牙狗

陈薇接受新华社采访时,哭了。那时,她刚刚被授予"人民英雄"国家荣誉称号,与她一起领奖的还有钟南山、张定宇等人。他们在抗击新冠肺炎疫情中,做出了杰出的贡献。

那天的采访是从陈薇的头发说起的。新冠肺炎疫情暴发时,她还满头乌黑,短短半年,头发白了很多。陈薇的母亲也在电视上看到了女儿的变化:"她变老了,都有白头发了。以前在抗击'非典'和埃博拉病毒的时候,头发都还是黑的,没一根白的,这次她是真操心了。"说完,老人家又颇为骄傲地说,"没事的,为人民服务嘛。"

目前,全球进入Ⅲ期临床试验阶段的新冠肺炎疫苗有8种,中国占了其中4种。2020年9月,在中国国际服务贸易交易会上,中国企业展出了3种新型冠状病毒灭活疫苗。

采访过程中,陈薇数次流泪,她说:"新冠疫苗专利是我们的,原创是我们的,所以我们在任何场合,不用看任何人的脸色……既然把你放到这个位置,也带出这个团队,你这面旗帜不能倒,你这种精神不能退!"

1

1990年,陈薇24岁,还是一个天真烂漫的姑娘,在清华大学生物化工专业攻读硕士。彼时热爱文艺的她,并未想到,自己有朝一日会穿上军装。

学业繁重而枯燥,陈薇喜欢用跳舞调剂生活。清华大学女生相对较少,她便联合周围其他大学的女生一起举办舞会,还成为学校咖啡馆首批兼职服务员。那时的她前卫而时尚。

少女的心思细腻而缜密,陈薇爱上了文学,经常在学校报刊上发表散文、诗歌,还担任了两年《清华研究生通讯》的副主编。那时她最大的梦想,是成为一名作家。

如花似玉的年纪里,陈薇谈起恋爱。尽管对方比她大12岁,当时是一家酒厂的工作人员,但年龄和身份的差距没能阻挠这份爱情,相反,他们的相遇颇为浪漫。

1989年,23岁的陈薇坐火车前往泰山旅游。因为没有买到坐票,在颠簸的火车上她一个趔趄,差点儿摔倒。扶住她的,便是当时35岁的麻一铭。

麻一铭将座位让给陈薇,二人一路攀谈,互生好感。临别时,麻一铭鼓起勇气向陈薇要了电话。一周后,麻一铭出现在清华大学校园,从此,二人一直出现在彼此的生命中。

时间回到1990年，爱好广泛的陈薇看似与科研工作毫不沾边，她也从未想过从事科研工作。

那时，她已经和深圳一家著名的生物医学公司顺利签约。如果照此发展下去，这个天性浪漫的女孩，可能会在深圳过上幸福的生活。

但一切都因一场意外而改变。

1990年12月，陈薇被导师安排去军事医学科学院取实验所需的抗体。走进军事医学科学院，陈薇被眼前的一切吸引了：高精尖的科研设备、前沿的科研课题，让陈薇产生了投身其中的强烈愿望。

回去之后，她多方打探，听说军事医学科学院是当年周恩来总理亲自签署命令，从全国抽调最优秀的科学家迅速成立的，担负着国家防御核武器、化学武器和生物武器的特殊研制使命。年轻的陈薇，一时热血沸腾。

2

1991年4月，她放弃高薪，被特招入伍，加入军事医学科学院微生物流行病研究所。那个曾经在清华园里跳舞的女生，开始了与病毒"共舞"的日子。

两年后，在一次学术会议上，她遇到了自己的师弟。几番攀谈，她得知，对方的收入竟是她的百倍以上。与收入上的挫败相比，更让她觉得寂寞的，是科研工作的枯燥。

成天面对冷冰冰的实验器材，不断地整理枯燥的实验数据，大好的青春年华里，她埋头在实验室，为实验结果发愁。

更让她苦恼的是，这样的辛酸并没有快速换来显著的成绩。几年的时间里，她的工作仍旧没有太大的建树。而稍有不慎，自己长时间积累的实验数据，还会顷刻化为乌有。

有一次，大年三十晚上，她离开实验室，回家看望公婆，回来时，却发现实验室一地液体，陈薇当场傻了眼。一个人站在实验室里，看着满屋狼藉，几个月的努力就这样白费了。她哭了，"脑袋里全是李清照的词——冷冷清清，凄凄惨惨戚戚，怎一个愁字了得"。

陈薇也想过放弃，但脑海里总是浮现出炭疽、鼠疫、天花这些烈性微生物。"一想到这些可能被用于战争或者恐怖袭击，给国家和民族带来灾难，我对铸造'生物盾牌'，就有一种强烈的使命感和紧迫感。"怀着这种信念，她坚守至今。她的同事介绍，从毕业到现在，她很少在晚上12点之前下班回家。

12年冷板凳坐穿，陈薇拿到了生物学、医学双博士学位，被研究所破格提拔为研究员。

家人以为她终于可以过上相对安逸的生活，但殊不知，命运对她的考验才刚刚开始。

3

2003年，"非典"暴发，数万人确诊，无数医务人员感染，全国上下人心惶惶。

危急关头，陈薇接到命令，对"非典"致病原因及相关疫苗研发展开研究。她带领团队，一头扎进实验室，历经无数个日与夜，在国内率先分离出SARS病毒，确定这就是"非典"元凶。

随后，陈薇证实了"重组人干扰素ω"喷雾剂对"非典"有抑制作用。2003年4月28日，"重组人干扰素ω"通过国家食品药品监督管理局的批准，获准进入临床试验。

为了满足医务人员的需要，陈薇组织全室人员加班加点生产，连续奋战20多个昼夜，并亲自将2000多支"重组人干扰素ω"喷雾剂送到当时的小汤山医院。

数据统计显示，彼时使用"重组人干扰素ω"的1.4万余名医务工作者，无一感染"非典"。

当干扰素被运送到全国各地医务工作者手中时，陈薇已经100多天没回家了，即便她的家距离实验室只有几公里。

丈夫和儿子在家中焦急等待。一天上午，有记者提前告诉麻一铭，说晚上的《东方时空》可能会有陈薇的镜头。

丈夫带着儿子早早便守候在电视机前。当陈薇的镜头出现时，儿子抢先扑上去，亲吻着屏幕中的妈妈。

麻一铭常常透过窗户，看着不远处陈薇的办公室。深夜，陈薇下班，麻一铭一定会出现在研究院门口，二人一起牵着手回家。

"非典"之后，有人问陈薇："每天和'非典'病毒面对面，你怕不怕？"陈薇则坦然地说："穿上这身军装就意味着，这一切是你应该做的。"

2008年汶川大地震后，她率先前往灾区，参与灾后瘟疫的防治。从灾区回家不久，她又马不停蹄地加入"军队奥运安保指挥小组专家组"，成功处置了数十起核生化疑似事件。

2014年，埃博拉病毒在非洲暴发，并迅速传播到欧洲和美洲，致死率达到惊人的50%~90%。

即便非洲与中国远隔万里，但陈薇还是敏锐地觉察到："埃博拉距离我们只有一个航班的距离。"她提出,要把病毒挡在国门之外。

为了更好地了解不断变异的埃博拉病毒,铸造中国的"生物盾牌",陈薇提出一个大胆的想法——到非洲去。

2014年9月,陈薇研制成功第一支抗击埃博拉病毒的新基因疫苗。

2015年9月,在非洲塞拉利昂,陈薇进行了Ⅱ期临床试验,开创了中国疫苗在境外临床试验的先河。

无数次攻坚克难之后,疫苗最终研制成功,为疫区人民筑起了一道安全屏障,也保护了当地的中国维和部队战士。

2017年10月19日,该疫苗获得国家食药监总局新药证书和药品批准文号,成为全球首个获批的埃博拉疫苗。

2016年,因在抗击埃博拉中的突出贡献,陈薇荣获"2015年度中国十大科技创新人物",与她同时入选的,还有获得诺贝尔奖的屠呦呦。

获得这一荣誉的陈薇没有骄傲,她提及最多的,是孩子。在非洲,陈薇曾到访一家孤儿院,那里有48个孩子,全部因埃博拉失去了家人。陈薇说:"我希望在这个世界上,再也不要因为'非典'、埃博拉等烈性病毒,让更多的孩子失去童年的色彩。"一声祝愿背后,是她近30年与病毒战斗的无数个日日夜夜。

2017年,电影《战狼Ⅱ》上映。剧中,吴京饰演的中国退伍军人冷锋,在非洲上演了一场生死救援。当年,很多人都被这一幕感动:陈博士为保住拉曼拉病毒的"活体疫苗",临危向冷锋托付女儿……其实,很少有人知道,电影中那个援助非洲从事病毒研究的陈博士,原型就是陈薇。那时,她被誉为"埃博拉终结者"。

2020年,新冠肺炎疫情袭来,将所有人打了一个措手不及。伴随着确诊人数的增多,武汉封城,工厂停工,人们被隔离在家。但陈薇没有休息，1月26日大年初二，陈薇带领军队专家组乘专机奔赴武汉前线紧急驰援。

仅用4个昼夜，他们就在武汉建成一座用帐篷搭建的移动检测实验室。陈薇迅速参与到检测试剂盒的研发中，其中核酸全自动提取技术大大缩短了确诊时间。

在最初确诊等于救命的情况下，陈薇的科研成果挽救了不知多少新冠肺炎患者的生命。

1月28日，疫情逐渐严重，美国总统特朗普宣布，要在12周的时间内，将新型冠状病毒疫苗研制成功。

当记者问到陈薇时，她自信地说道："我相信，我们国家科研人员的速度，绝不亚于美国的！"

3月16日20时18分，陈薇团队所研制的重组新冠疫苗，终于获批启动，展开临床试验。从研发，到志愿者接种，再到取得重大进展，陈薇团队仅仅用了68天。

这次疫苗研发取得重大进展，不仅代表了中国科技实力的进步，也彰显了科学家无私奉献的精神——一旦疫苗真正应用，将不仅造福中国人民，更会给各国人民带去希望。

4

熟悉陈薇的人都知道，"快"是她最大的特点——走路快，说话快，工作节奏也快。很多同事评价："她的思维非常敏锐，我们总跟不上她的节奏。"

甚至1998年怀孕生子后，陈薇仅仅休息了一个月，就重新回到实验室，投入工作。

"快"是陈薇多年养成的工作习惯。她自己解释，总觉得时间不够用，希望自己再快一点，从死神手里拯救更多生命。

而这种"快"的背后，是陈薇多年的"慢"。毕业进入军事医学科学院微生物流行病研究所时，她默默工作很多年，工资不如其他同学高，机会也不如其他同学多。但她仍旧坚守住了自己的内心，拯救了无数生命。事了拂衣去，深藏身与名。

这个世界上有太多聪明人，有太多才华横溢的人，但也有太多聪明反被聪明误的人。他们认为聪明能够代替勤奋，殊不知，这个世界上的捷径只有一条，就是脚踏实地，一步一个脚印往前走。

袁隆平研制杂交水稻成功前，在田间地头从事科研工作将近20年；钟南山在"非典"、新冠肺炎疫情中力挽狂澜，也与他多年的积累密不可分。

无数事实证明，那些耐得住寂寞、奋力向前的人，才是这个国家、这个社会真正的支柱。

（摘自《读者》2020年第23期）

穿越时间的"鱼"

李斐然

世界的深夜

张弥曼觉得2018年太吵了。

这一年，热闹和光环一起涌到了这位82岁的古生物学家面前。3月份，联合国教科文组织邀请她到法国参加典礼，授予她"世界杰出女科学家奖"。这一奖项每年只颁给全球5位女性。几个月后，何梁何利基金为表彰她对科学的贡献，颁给她最高奖"科学与技术成就奖"。人们管她叫"先生"，称呼她"大家"。

人们像发现恐龙化石一样，突然察觉到一位伟大的科学家的存在，发现了她在古生物学领域的杰出成就。尽管在过去60年中，她一直就在北京二环边最热闹的一条街旁的中国科学院古脊椎动物与人类研究所（简称"古脊椎所"），日复一日地默默工作。

她几乎是全世界最了解古鱼的中国专家。大部分古生物学家所研究的时间范畴在几百万年内，但张弥曼的研究范畴纵贯数亿年，且在每个领域都有扎实严谨的发现，这在世界范围内都是极为罕见的。

迄今为止，世界上已有许多古生物以她的名字命名，它们包括一种现已灭绝的古鱼，一种在中国热河发现的恐龙，还有已知最古老的一种今鸟型类的鸟……

在古脊椎所，时间以另一种尺度计算，不是去考虑一年365天，而是去思考地球已有的46亿年。如果把这个时间跨度压缩成人类纪年的一年，在这一年里，直到3月中旬，地球上才出现最早的生命迹象；到12月初，地球上才出现大规模沼泽地与大片森林；恐龙在12月中旬称霸地球，可是好景不长，它们于12月26日灭亡。直到12月31日接近午夜时分，人类才登场。

对张弥曼来说，让她毕生着迷的正是这个万物演化的世界，这个既热闹又孤单的学科。在她面对化石的那一刻，房间里仿佛重现许多遥远时代的生命。

第一条鱼

在野外考察的时候，张弥曼很难让人看出是一位院士。她永远都自己拎包，自己搬石头，"她会不计成本地去做一些外人看来很小的事情"。很多项目从头至尾只有她一个人，每一步都是自己做，直到现在，很多标本还是她亲自修复的，这会花费很多时间，但她不放心交给别人。

张弥曼研究的都是遥远的历史，没有人亲历过现场，人们只能从偶然锁在化石里的痕迹推测当时的状况，所以，一切判断都要特别小心——你可能是几亿年来，第一个认识这种生物的人，也可能会成为几亿年来，第一个毁了它的人。

以最谨慎的推测，在地球数十亿年的演进中，鱼类可能开启了关键的一幕：脊椎动物诞生后的近1亿年时间里，它们都只能生活在水里。直到3.7亿年前，一群勇敢的鱼终于决定离开熟悉的海洋，爬上陆地，开始新的生活。它们从此改名为"四足动物"，而其中一个遥远分支就成为正在阅读这段话的人类。

在古生物学家眼中，人类就是改版后的鱼。直到现在，我们身上还保留着来自遥远祖先的痕迹——我们从鱼类祖先那里继承了绵长曲折的喉部神经路径，胎儿出生之前还有过鳃裂消失的阶段，背部和腕关节的主要骨骼都是从水生生物进化而来的。所以，我们走路久了背疼，长时间打字手腕酸痛都情有可原，因为我们的鱼类祖先平常可不干这些事情。

那么，第一条鱼如何爬上陆地？离开完全熟悉的水的世界，鱼类登陆后发生了什么？它们要如何呼吸、如何支撑自己的身体、如何活下来？从它们身上反推，当时陆地是什么样子的？它们在演化中所经历的起起落落，会不会发生在我们身上？

这些就是张弥曼所感兴趣的终极命题。为了给这些命题一个尽可能准确的答案，张弥曼付出了太多的时间。刚开始工作的时候，为了搞明白在浙江发现的中生代鱼化石的归属细节，她一到周末就带着化石去挨个儿拜访当时著名的鱼类专家，向他们求教。

那时候写论文全靠手写，要一个字一个字地誊写在方格稿纸上。论文动辄上万字，大部分人的稿子会有些许修改，只有张弥曼的稿子，哪怕交来的只是底稿，也从头到尾工工整整，即使这一页最后一行有一个错字，她也会把这一页从头再抄一遍。

张弥曼的学生说，在她身上，既有文气，又有"匪气"。她很谦逊，是大家闺秀，可是胆子也很大，敢跟人叫板。《自然》杂志对她的特写里面，同行转述了一则往事。那时候她作为学生代表，带队去哈萨克斯坦的危险区域考察，当时旅馆拒绝接待这些中国人，她便拍着桌子，毫不退缩地跟前台理论，要求入住。最后，她为团队争取到了应得的房间。

她上大学的时候，这门学科被视作"祖国的眼睛"。她被选派留苏，通过鱼类化石判断地层，希望为国找油找矿。可等她学成回国，这个学科已经成了"祖国的花瓶"。

这成为考验那一代科学家的一个核心命题——活在光圈之外的科学家的乐趣是什么？

事实证明，最迷人的还是那些原始命题——第一条鱼的故事。"这门学科带来的最大乐趣，无非就是由不知到知。"就这样，她还在一次次奔赴野外，用地质锤敲击着大地，寻找锁在石头里的鱼，努力推动科学的进步。

反　对

1980年，张弥曼再次到瑞典国家自然历史博物馆访学。那时候，瑞典学派还处于极盛状态，她的老师们都是瑞典学派最主要的代表人物、早期脊椎动物研究的绝对权威。

特别是导师雅尔维克，正是因为他所发表的专著，"四足动物起源于总鳍鱼类"这一论点才成了教科书上的公认观点。他认为，3.5亿年前，总鳍鱼类是陆地上最高等的动物，它们长着内鼻孔，可以不用鳃就直接呼吸空气，这是鱼类从海洋登陆的一大先决条件，所以，很可能就是这种鱼第一个从水中爬上陆地。

1982年3月31日，张弥曼博士论文答辩。这一天来旁听的人比平时都要多，当时有很多著名的古鱼类学家带着自己的标本，从其他国家赶去斯德哥尔摩，见张弥曼。她的论文题目是《中国西南部云南省早泥盆世总鳍鱼类杨氏鱼的头颅》，在论文中，她明确提出，540多张连续磨片的结果显示，杨氏鱼没有内鼻孔。

这是古生物学史上最重要的一次反对。鱼类登陆呼吸需要内鼻孔，但属于总鳍鱼类的杨氏鱼没有内鼻孔，这直接动摇了总鳍鱼类是陆地四足动物起源的传统判定，改变了此后的教科书。张弥曼取得了博士学位，也为中国科学家赢得了世界声誉。

30多年后，年轻的古生物学家朱敏和卢静接手了张弥曼当年的研究。现在可以依靠CT扫描和同步辐射等新技术，在较短时间内精确复原古鱼化石的脑颅。为了对照研究，卢静用CT扫描杨氏鱼化石，并将计算机重建出的模型和张弥曼30多年前手工做出来的模型进行了对比。令人惊愕的是，哪怕是最精细的地方，差别都微乎其微。

不仅如此，张弥曼所做的连续磨片，清晰细腻地复原出杨氏鱼的脑颅、脑腔、脑腔血管，甚至神经通道的极其微小的细节，这是连目前最先进的CT方法和数字还原技术也无法获得的准确信息，是再精密的机器也无法实现的极致还原。哪怕已经过去30多年，只要看一眼就能明白，为什么连绝对权威也不得不服气。

21 世纪的古生物学家

数十年里，张弥曼影响了许多"人类又进一步"的发现。在研究古生代鱼类有所突破后，她又对中国中生代鱼类、青藏高原新生代鱼化石展开研究。在她的推动下，以 30 多岁的年轻人为主体的研究团队开始研究辽西热河生物群，使中国成为国际古生物研究的焦点。

2005 年秋天，北美古脊椎动物学年会组织了"荣誉学术研讨会"。在研讨会上，曾任耶鲁大学研究生院院长、费城科学院院长的汤姆森教授赞叹："40 年前，一个来自中国的年轻女学者张弥曼，将云南泥盆纪鱼化石标本带到瑞典自然历史博物馆，给传统的四足类起源理论闹了个底朝天！"

张弥曼过 70 岁生日的时候，她的学生朱敏将一种新发现的鱼献给自己的导师。他给它取名为"晨晓弥曼鱼"。他说，这条鱼的科学地位很像他的这位老师。它是最原始的辐鳍鱼，在演化中的地位很重要，位于进化树的关键分叉点上，影响了后来无数的鱼类。

事实上，张弥曼所带来的关键节点不止一个。20 世纪 80 年代，她任古脊椎所所长。张弥曼的同事苗德岁说，她是一个敢做敢当的领导。那时她促成的中加联合恐龙考察，是当时国内罕见的大型国际科技合作项目。那么大的项目就是张弥曼在飞机上谈成的。限于当年的通信条件，她既没法向任何人请示，也没有时间层层打报告申请，当场就同意了。那次科考发现了大量恐龙珍品标本，也培养了一批年轻的研究人员，极大地促进了中国古脊椎动物学研究的发展。

2018 年夏天，从不接受任何挂职头衔的她，答应担任化石点附近一所学校的荣誉主任，借当年的热闹带来的一点影响，保护一段 4 亿年前的历史。她还不想停下来，便给自己起了一个笔名"尚能西"，因为她喜欢这个古老的寓意："谁道人生无再少？门前流水尚能西！"

在给学生的赠书上，她题上了这样的话："自由比权利重要，知识比金钱永恒，平凡比盛名可贵，执着比聪明难得。共勉。弥曼。"

夜晚到来的时候，世界再度归于安静，房间里又只剩下她一个人了。不过，等化石里的秘密复活，热闹便又会回来，就像她的学生朱敏所记下的那样，"深夜，她在显微镜下静静地观察云南的古鱼化石，4亿年的时空穿梭，肉鳍鱼在中国南方古海洋中畅游，同样闪耀着逼人的美丽蓝光，但不是在深海避难所中，而是在滨海，在海湾，因为它们是当时地球上最高等的动物"。张弥曼终其一生追寻的，就是这项遥望过去的迷人事业。

（摘自《读者》2023年第11期）

一个国家的英雄基因就这样生生不息

青 平

这几天一直被英雄的故事感动着。"哪有什么岁月静好,不过是有人替你负重前行"——这句话在平时听起来像心灵鸡汤,这时候才知道,"负重前行"有时需要付出生命的代价。"我站立的地方,就是中国"——这句话平日里听起来似乎很矫情,这时候才知道,有人不仅把这种"清澈的爱"写进日记里,更用血肉和生命去践行。那张开的双臂、那些行走的界碑,让我们热泪盈眶。

从传统媒体到社交网络,大家这几天都沉浸在对戍边英雄的致敬、痛惜和关心中。人们痛心于他们为国捐躯,"他们是为我而死"——这句被顶上"热搜"的话,代表了很多中国人对英雄的告白。我们骄傲于他们以一敌十、不辱使命,愤怒于个别败类侮辱祖国的英雄。人们关心英雄团长祁发宝的最新消息;这种对英雄的致敬,代表的是这个社会对英雄的珍惜和珍爱。特别是年轻人，"90后""00后"，他们虽然生长在岁月静好的和平与阳光下，似乎很少感受到惊涛骇浪，平常也很少谈到英雄，但他们从来没有失去对英雄的敬意，没有失去对成为英雄的追求。

常有人感慨，这一代青年中有不少人只知道追娱乐明星，不珍惜祖国的英雄，"热搜"上多是娱乐话题。但这几天，年轻人通过"'热搜'前十都关注英雄"，表明自己对英雄的态度，表达了一代人的英雄观。这不是对英雄无感的一代，他们的内心从来没有失去对英雄的崇拜。平时的娱乐，平时的"小确幸"，平时的风花雪月，跟在这种时候把守护国家安全、守护岁月静好的英雄捧在手心，一点儿都不矛盾。实际上，英雄们的努力，正是为了能让普通人去享受自己的"小确幸"式的生活。

这几天，很多年轻人都在微信朋友圈转发很多年前那篇脍炙人口的《谁是最可爱的人》，不仅转发，更在内心吟唱，一边吟唱，一边向今天那些最可爱的人致敬。这篇文章曾激励了一代人，今天的英雄续写英雄故事，继续激励着新一代年轻人。年轻人的内心是广阔的，而这广阔胸怀的最高位置，永远为这样的英雄而留，永远放着这样的英雄。这种对祖国、对英雄清澈的爱，不只是崇拜英雄，更是想在关键时候也成为这样的英雄。

我们国家不缺英雄，也不缺对英雄的敬重和珍惜，这是强国一代的精神之钙。一个民族、一个国家的英雄基因，就这样，代代相传，生生不息。

（摘自《读者》2021年第7期）